Nessy kann auch anders

Eva Polak

Nessy kann auch anders

Mit Bildern von Sabine Wiemers

Verlag Sauerländer
Aarau · Frankfurt am Main · Salzburg

Berücksichtigt neue Rechtschreibregeln

Eva Polak
Nessy kann auch anders

Einband und Innenillustrationen von Sabine Wiemers

Printed in Germany

ISBN 3-7941-4699-9

Die Deutsche Bibliothek - CIP-Einheitsaufnahme

Polak, Eva:
Nessy kann auch anders / Eva Polak.
Mit Bildern von Sabine Wiemers. –
Aarau ; Frankfurt am Main ; Salzburg : Sauerländer, 2000
ISBN 3-7941-4699-9

Inhalt

Schon wieder umziehen!

Die Regentropfen werden Nessy fehlen, das weiß sie jetzt schon.

Die kleinen und großen Regentropfen, die an der Fensterscheibe heruntergleiten, zuerst langsam und dann immer schneller, sie rennen ja regelrecht um die Wette. Nessy sucht sich immer gleich oben am Startplatz einen Tropfen aus, den sie dann anfeuert. Auch jetzt hat sie einen ausgewählt, einen ganz starken. Er bahnt sich einen Weg zwischen anderen Regentropfen, manche reißt er mit, wird immer größer und landet schließlich mit einem Platscher am Ziel. Die anderen kommen erst viel später nach. Tja, Pech gehabt! Sie hätten besser trainieren sollen.

Regentropfenrennen spielt Nessy schon ewig lang, eigentlich seitdem sie und Mama hier bei Christiane eingezogen sind. Sie haben Nessys Bett unter das schräge Fenster gestellt, Nessy schaut vor dem Einschlafen und beim Aufwachen in den Himmel, die Wohnung ist ja ganz oben, unterm Dach. Nun wird das Spiel aber bald zu Ende sein.

Natürlich müssen Nessy und Mama nicht sofort ausziehen, Christiane sagt, sie sollen sich bei der Wohnungssuche ruhig Zeit lassen. Sie und Randolf werden war-

ten – so lange, bis Mama und Nessy was richtig Gutes gefunden haben.
Randolf! Wie der schon heißt! Nessy hat gar nicht gewusst, dass es Menschen gibt, die Randolf heißen. Sie will auch gar nicht daran denken, sonst wird sie wütend. Denn nur wegen diesem Randolf ist es ja so gekommen. Weil er mal beim selben Zahnarzt war wie Christiane. Die beiden haben gemeinsam im Wartezimmer gesessen, sich in die Augen geschaut und sofort gewusst, dass sie füreinander bestimmt sind. Oder so ähnlich.
Mama sagt, Nessy soll aufhören auf Christiane böse zu sein. »Das musst du doch verstehen«, sagt sie. »Dass Christiane mit Randolf zusammenwohnen will! So ist das, wenn zwei sich lieben!«
»Ja ja«, antwortet Nessy böse. »Sollen sie sich doch lieben! Bis sie platzen!«
Darauf erwidert Mama meistens nichts mehr. Sie denkt, Nessy wird sich schon beruhigen und Christiane verzeihen. Aber da irrt sie sich! Für Nessy ist Christiane jetzt Luft.
Nessy hört Christiane, wie sie an ihrer Tür vorbeigeht und für einen Augenblick davor stehen bleibt. Ja, bestimmt würde sie gerne reinkommen und fragen, ob Nessy mit ihr Tee trinken möchte! Denn sie hat ein schlechtes Gewissen. Aber da kann Nessy ihr auch nicht helfen, das hätte Christiane sich früher überlegen sollen.
Die Schritte entfernen sich wieder, Christiane geht in die Küche.

Sie wird sich bestimmt Schlankheitstee machen. Und für Nessy hätte sie Vanilletee gemacht. Dazu gäbe es Kekse. Aber für Christiane nur drei Stück! Darauf muss Nessy achten, das ist ja ihre Aufgabe, für Christiane aufzupassen, dass nach drei Keksen Schluss ist, Christiane hat nämlich Gewichtsprobleme. Ha, damit ist es jetzt auch vorbei! Da wird Christiane schon sehen, was sie davon hat. Sie wird dick werden wie ein Luftballon und Randolf schaut sich beim Zahnarzt nach einer anderen Frau um.

Nun hat Christiane Wasser aufgesetzt und geht zurück, wieder an Nessys Zimmer vorbei. Diesmal bleibt sie nicht stehen. Na also. Ist Nessy ja ganz recht. Sie hätte ohnehin keine Zeit. Sie muss nachdenken.

Hoffentlich haben sie Glück und finden was Schönes. Eine nette Wohngemeinschaft. Wo kinderliebe Frauen wohnen.

Sie sollen abends mit Nessy in der Küche sitzen und Vier-Gewinnt spielen.

Sie sollen von ihrem Leben erzählen und davon, warum sie immer auf den falschen Mann treffen.

Sie sollen gut kochen können.

Und sie sollen, wenn nachts Gewitter ist, Nessy erlauben in ihr Zimmer zu kommen.

Und vielleicht haben Nessy und Mama Glück und finden sogar was in der Nähe. Mama sagt, Nessy soll sich keine großen Hoffnungen machen, es sei schwer genug, etwas Gutes zu finden. Aber Nessy macht sich Hoff-

nungen. Sie möchte ja die Schule nicht wechseln. Nicht schon wieder. Schließlich hat sie erst vor zwei Jahren die Schule gewechselt, sie war gerade in der ersten Klasse, als Mama und Papa sich trennten.
Zum Glück gab es Christiane. Sie ist Mamas beste Freundin und auch geschieden. Und weil sie nach der Scheidung die große, schöne Wohnung nicht aufgeben wollte, hat sie den beiden angeboten die Wohnung mit ihr zu teilen. So sind sie eine Wohngemeinschaft geworden. Eine Dreier-WG.
Ein Glück, sagte Mama, dass sie bei Christiane untergekommen sind, sonst hätte sie ja mit der Abendschule gar nicht anfangen können. Denn Christiane war abends immer daheim. Und wenn sie mal ausging, hielt Nessy das locker aus. Mit warmem Kakao und Märchen-Kassetten und überall Licht.
Aber was soll's. Bestimmt finden sie jetzt auch eine Nette, bei der sie einziehen können. Oder zwei! Eine Vierer-WG wäre toll. Dann ist abends, wenn Mama in der Schule ist, immer jemand da. Vielleicht ist auch ein Kind dabei. Ein Baby vielleicht. Das könnte Nessy dann wickeln und baden.
Nessy schnappt sich Kurt Rübe, ihren Hasen. Der geht natürlich mit. Überall ist Kurt Rübe dabei, auf jeder Ferienreise und auch, wenn Nessy bei ihrer Freundin Maren übernachtet. Nessy streichelt seinen Bauch, richtet seine Ohren gerade. Es ist wichtig, dass sie nicht nach hinten abknicken, Hasenohren sind ja empfindlich.

Der Wasserkessel in der Küche pfeift. Christiane läuft hin. Sie wird ihren Tee alleine trinken. Hach, soll sie doch!

Doch Nessy hat sich getäuscht. Es klopft an der Tür.

»Ja?«, ruft Nessy unwirsch. »Was ist?«

Christiane gibt nicht einmal eine Antwort, sondern kommt gleich herein. Direkt zu Nessy, setzt sich zu ihr auf die Bettkante. Eigentlich haben sie sich heute noch gar nicht gesehen. Christiane ist ja erst um fünf von der Arbeit heimgekommen und hat mit Mama geredet und danach ist Mama in die Schule gegangen wie immer. Und Nessy hat sich in ihr Zimmer verkrochen. Darum merkt Nessy es erst jetzt – Christiane ist beim Frisör gewesen! Sie hat sich Strähnchen machen lassen. Helle Strähnen. Sicher auch wegen diesem Randolf! Christiane macht alles für ihn, das ist ja wirklich peinlich.

»Mensch, mach es mir doch nicht so schwer«, sagt Christiane. »Du tust ja, als würden wir uns nie wieder sehen!«

Nessy schweigt.

»Ich werde dich doch besuchen!«, sagt Christiane und nimmt Nessys Hand. »Und du kannst auch jederzeit zu uns kommen!«

»Warum sollte ich?«, fragt Nessy und zieht ihre Hand zurück.

»Weil wir Freundinnen sind. Weil ich dich mag. Und du mich hoffentlich auch.«

Nessy antwortet nicht, streichelt schweigend Kurt Rübes Pfote. Eigentlich müssten sie Kurt Rübe mal waschen, sagt Mama, der sieht ja bald wie ein Wildschwein aus. Aber Nessy mag nicht so gerne. Waschmittel sind nicht gut für Hasen.
Natürlich mag sie Christiane! Besser gesagt, sie mochte sie. Bis die Sache mit Randolf passiert ist. Seitdem ist Christiane wie verwandelt. Man kann nicht mehr auf sie zählen. Dabei hat Nessy ja nichts gegen Randolf. Von ihr aus könnte er zu Besuch kommen und Christiane in die Augen schauen, so oft er will. Wenn er dann nur wieder nach Hause gehen würde. Aber nein, jetzt wollen die unbedingt zusammenwohnen. Warum, ist ja wohl klar. Nessy ist kein Kleinkind mehr. Na, sollen sie doch. Sowieso wird es bald Krach und Tränen geben und dann geht das ganze Theater wieder von vorne los. Nessy kennt das schon.
Christiane seufzt. »Soll ich für dich Vanilletee machen?«
»Nein, danke«, sagt Nessy.
Da fällt Christiane nichts mehr ein. Traurig steht sie auf und geht.
Tja, selber schuld. Soll sie ruhig mal zu spüren bekommen, wie sich das Leben ohne Nessy anfühlt.

Die Coolen aus der Vierten

»Und keine Männer?«, fragt Annelene. »Wollt ihr echt nicht, dass auch Männer dabei sind?«
»Nee«, sagt Nessy energisch.
»Und warum nicht?«
»Nessy und ihre Mutter wollen ihre Ruhe haben«, sagt Maren. »Stimmt's, Nessy?«
»Ja«, sagt Nessy. Dass Maren für sie antwortet, ist in Ordnung. Maren ist ihre beste Freundin, deswegen darf sie das.
Es ist Mittag, die Sonne scheint warm, sie gehen zur Eisdiele *Malibu*. Das tun sie oft nach Schulschluss. Vorausgesetzt, sie haben Geld. Und wenn sie keins haben, dann machen sie Schulden. Bei Annelene meistens, die ist nämlich reich.
»Aber vielleicht wäre einer dabei, der einen Computer hat«, sagt Annelene. »Da kannst du ja Briefe schreiben und alles!«
»Pah«, sagt Nessy. »Haben Frauen doch auch!«
Annelene immer mit ihren Computern! Nessy hat keinen Bock drauf. Und sowieso hat Annelene ihren Kasten nur bekommen, weil ihr Papa mit Computern handelt, da kriegt er ja einen Rabatt. Wenn Nessy wollte, würde Papa ihr sicher auch einen Computer kaufen. Er kauft ihr

alles, was sie sich wünscht. Vorausgesetzt, dass Mama es auch erlaubt.
»Eine Lehrerin wäre besser«, sagt Maren. »Ich würde gerne mit einer Lehrerin zusammenwohnen, die hilft einem dann! Bei Mathe und allem!«
»Mann!«, ruft Nessy. »Glaubst du, wir können uns das aussuchen? Wir müssen doch schauen, dass wir überhaupt was finden!«
»Ich mein ja nur«, sagt Maren und lächelt versöhnlich. Sie findet es toll, dass Nessy in einer WG wohnt. Sie würde das auch gerne tun, kann sie aber nicht. Marens Eltern sind ja nicht geschieden, Marens Vater kommt sogar jeden Mittag zum Essen nach Hause.
»O nein!«, stöhnt Annelene plötzlich und zeigt nach vorn. »Seht ihr auch, was ich sehe?«
»Sönke!«, ruft Maren. »Und Franco Zambuto!«
Sie hält sich mit der Hand die Augen zu, als könnte sie den Anblick überhaupt nicht ertragen. Die zwei Jungen kennen sie allerdings, sie gehen in die Vierte. Wie der dritte, der Große, heißt, wissen sie nicht. Auch die drei Jungen steuern auf die Eisdiele zu.
Einen Jungen aus der Vierten erkennt man auf den ersten Blick. Seine Hose hängt meistens weit über den Po runter, sodass die Unterhose herausschaut. Sönke jedenfalls macht es so und Franco Zambuto auch.
»Sönke ist bescheuert«, sagt Annelene.
»Franco Zambuto auch«, sagt Maren.
»Ja«, sagt Annelene. »Aber der ist sexy.«

»Stimmt«, sagt Maren und wird rot.
Nessy schweigt. Dass Annelene für Franco Zambuto schwärmt, weiß sie ja. Dass nun auch Maren mitzieht, ist neu und ziemlich enttäuschend. Nessy kann nur hoffen, dass der Quatsch bald wieder aufhört.
Die Viertklässler gehen ein Stück weiter vorn. Sie schubsen sich gegenseitig. Aber das ist nur ein fieser Trick. In Wirklichkeit wollen sie die Mädchen aus ihrer Klasse anrempeln, die neben ihnen hergehen. Und das gelingt ihnen auch. Weil sie sich so doll in ihre Richtung schubsen, bis sie mit den Mädchen zusammenstoßen. Dann rufen sie scheinheilig »Oh, Verzeihung!« und lachen blöd.
Aber sie dürfen das Spiel nicht zu weit treiben. Denn wenn es den Mädchen zu bunt wird, dann schnappen sie sich einen. Sie zerren ihn in ihre Mitte und kesseln ihn ein. Was dann geschieht, weiß kein Mensch. Aber man kann sich's ja denken. Weil er ganz rot und zerzaust wieder rauskommt. Am meisten wird Franco Zambuto geschnappt. Er ist der Mädchenliebling.
»Wie kindisch«, sagt Annelene verächtlich. Sie will sich das Theater nicht länger ansehen und geht fort.
»He! Und das Eis?«, ruft Nessy enttäuscht.
»Morgen!«, ruft Annelene und weg ist sie.
Ach, Mist! Wo Nessy so großen Hunger auf Eis hat! Zwei Kugeln hätte sie bestellt, Tiramisu und Apfelzimt. Jetzt kann sie nur eine kaufen.
Missmutig beobachtet Nessy die Viertklässler.

Die Jungen werden nämlich immer wilder. Ja, anscheinend *wollen* sie abgeknutscht werden! Doch leider machen sie dabei nicht richtig ihre Augen auf – auch dann nicht, als sie ein Stück weiter an einem Trödler vorbeigehen, vor dessen Tür ein kleiner Tisch steht. Mit alten Büchern, Kaffeemühlen und solchem Zeug. Sönke hat Franco Zambuto so doll gestoßen, dass der über den Tisch fliegt. Ein großer Krug kracht auf den Boden, es klirrt fürchterlich.

Alle halten erschrocken die Luft an. Und dann hauen sie ab. Die Jungen und auch die Mädchen. Bloß Nessy und Maren sind stehen geblieben und starren gespannt auf die offene Ladentür. Da kommt nämlich ein Mann herausgestürmt, der sich wütend umschaut, die Scherben sieht, dann die weglaufenden Kinder ...

»Moment mal!«, ruft er ihnen aufgebracht hinterher. »Moment mal!«

Aber er kann sie nicht aufhalten, sie sind alle schon zu weit weg. Da wollen Nessy und Maren auch lieber verschwinden.

»Halt, halt!«, ruft der alte Mann und kommt mit großen Schritten auf sie zu. »So geht das aber nicht!«

Nessy kriegt einen Schreck.

»Ich will jetzt sofort die Namen wissen, verdammt noch mal!«, ruft der Trödler. »Und erzählt mir nicht, dass ihr die nicht kennt!«

Nessy wird es ganz heiß. Soll sie etwa petzen? Das tut Nessy nicht. Niemals.

»Wir ... wir kennen sie aber nicht«, stottert sie. »Leider!«

»Ja!«, ruft Maren. »Die gehen in die Vierte!«

O nein, Maren! Jetzt hat sie's ja doch verraten!

»Wiedersehen«, sagt Nessy und rennt los. Maren stürmt hinterher.

Sie rennen so schnell, wie sie nur können. Kurz hören sie den Mann noch schimpfen, irgendetwas von unverschämt ruft er und dass sie alle eine Bande seien, doch

bald hören die Rufe auf. Zwei Straßenzüge weiter halten Nessy und Maren an und schnappen nach Luft. Doch kaum sind sie wieder zu Atem gekommen, macht Maren schon wieder ein entsetztes Gesicht. Sie stupst Nessy an und zeigt nach vorn.
Jetzt sieht Nessy es auch.
Die drei Jungen warten auf sie. Sie haben sich in einem Hauseingang versteckt, nun kommen sie raus und stellen sich ihnen in den Weg. Was die wohl wollen? So, wie sie aussehen, bestimmt nichts Gutes. Nessy hört plötzlich ihr Herz. Sie will ganz schnell weitergehen, doch Franco Zambuto ist schon bei ihnen und packt Maren an der Schulter. Seine dunklen Augen sind groß vor Angst.
»Und?«, ruft er. »Was habt ihr dem gesagt?«
»Nichts!«, sagt Maren und versucht sich loszumachen. »Überhaupt gar nichts!«
»Schwöre!«, sagt Franco Zambuto. »Schwöre bei Gott!«
»Ich schwöre!«, sagt Maren und leckt sich zwei Finger, aber das mit Gott sagt sie nicht. Sie dreht sich zu Nessy. »Wir haben gar nichts gesagt, stimmt's, Nessy? Bloß ...«
»Bloß was!«, ruft der große Junge.
»Dass ihr in die Vierte geht«, piepst Maren.
»Scheiße!«, ruft Franco Zambuto und stößt Maren wütend weg. »Die haben uns verpfiffen!«
»Na warte«, sagt Sönke düster. »Wenn der Alte in die Schule kommt, dann seid ihr auch dran!«
»Blöde Petzen!«, sagt der große Junge verächtlich.

»Müsst ihr euch gleich ins Hemd machen?«

»Wir?«, ruft Nessy. Sie muss tief Luft holen, so empört ist sie. »Und was ist mit euch? Ihr seid abgehauen!«

Wütend marschiert sie weg. Oh, diese Viertklässler! Die sind ja noch viel schlimmer, als Nessy gedacht hat! Und sie hat sie noch gedeckt!

Nach ein paar Schritten hat Maren sie eingeholt.

»Das macht der Mann doch nicht, oder?«, sagt sie. »In die Schule kommen!«

»Wie soll ich das wissen!«, schnaubt Nessy. »Blöder Heini!«

»Sönke, nicht?«, sagt Maren.

»Alle!«, ruft Nessy. »Lackaffen!«

»Aber der Dritte ist doch schuld!«, sagt Maren und ihre Stimme wackelt. »Er hat ja Franco Zambuto geschubst!«

Und dann weint sie schon.

Nessy sagt kein Wort mehr. Sie weiß genau, warum Maren unglücklich ist.

Weil Franco Zambuto sie so böse weggestoßen hat, deswegen. Na, da hat sie's jetzt, ihre coolen Jungs aus der Vierten! Nessy überrascht das überhaupt nicht, sie wusste es ja längst.

Mama regt sich auf

Vor Aufregung hat Nessy ihren Hunger vergessen, doch jetzt spürt sie ihn wieder. Denn zum Eisessen sind sie ja nicht mehr gekommen. Und sowieso wäre es gefährlich, die Eisdiele ist nur ein kleines Stück vom Trödler entfernt, da könnte der Trödler sie ja wieder sehen.
Ein bisschen tut der alte Mann Nessy jetzt Leid. Wo doch sein wertvoller Krug kaputt ist! Denn wertvoll war der Krug ganz sicher. Das sind alle alten Sachen. Weil sie aus vergangenen Zeiten stammen und einmalig sind, hat Oma Hildegard erklärt. In ihrer Wohnung gibt es massenhaft solche Dinge. Einmal ist Oma eine alte Teekanne kaputtgegangen, da hat sie sehr gejammert. Nessy will lieber nicht daran denken, was der Krug gekostet hat. Sie schließt die Wohnungstür auf und atmet tief durch die Nase ein.
Oft ist Mama gerade beim Kochen, wenn Nessy nach Hause kommt, sie arbeitet ja nur bis halb eins. Da kann man gleich riechen, was es gibt. Das ist auch gut so, denn manchmal kocht Mama dieses gesunde Pfannengemüse, wo Paprika und Blumenkohl drin sind und kein Stückchen Wurst, da kann Nessy gleich an der Tür rufen, dass sie heute leider gar keinen Hunger hat. Heute riecht es aber gut – nach Grillhähnchen! Mama ist aller-

dings nicht in der Küche, sie sitzt in der Diele und telefoniert.
»Und die Nebenkosten?«, fragt sie, zieht kräftig an der Zigarette und winkt dabei Nessy zu. »Wie hoch sind die ... so ungefähr?«
Nessy geht in die Küche. Das Grillhähnchen steht auf der Anrichte und obwohl es noch in Alufolie eingepackt ist, riecht es herrlich. Nessy macht die Folie auf und reißt sich schon mal ein Stückchen ab.
Vielleicht war der Krug sogar uralt! Er hatte einen metallenen Henkel. Aus solchen Krügen haben früher Könige getrunken.
»Ja«, sagt Mama in der Diele »Ich bin geschieden.«
Nessy holt aus dem mittleren Kühlschrankfach, das Mama und ihr gehört, Tomaten, die sie in Scheiben schneidet und auf zwei Tellern zu hübschen Blüten anordnet. Was Mama erzählt, kennt sie schon auswendig.
»Wir sind WG-erprobt«, sagt sie.
»Unkompliziert«, fügt sie hinzu.
»Zuverlässig.«
»Ich rauche ein wenig, ja.«
Ein wenig, na ja, denkt Nessy, na ja. Es könnte noch viel weniger sein, am besten gar nicht. Rauchen ist gefährlich, daran kann man sterben. Mama hat ihr schon tausendmal versprochen damit aufzuhören. Aber sie schafft und schafft es nicht.
Den Sönke hat Nessy auch mal rauchen gesehen hinter der Turnhalle. Und die anderen Blödmänner rauchen

wahrscheinlich auch. Damit sie noch cooler aussehen. Aber wenn sie einen Krug kaputtschmeißen, dann hauen sie gleich ab wie die Osterhasen!
Blöde Petzen, die sich gleich ins Hemd machen! Das ist nun wirklich die größte Frechheit, die Nessy je gehört hat. Wütend reißt sie sich noch ein Stück Fleisch ab.
»Hej, hej! Kannst du nicht warten, du Nimmersatt?«, ruft Mama an der Tür. Aber dann sieht sie die hübschen Tomatenblumen und gibt Nessy einen Kuss. Sie drückt die Zigarette aus, holt Besteck, dann langen sie schon zu.
»Diesmal könnte es was sein!«, erzählt Mama.
Sie sieht richtig munter aus. Gleich zwei WGs, sagt sie. Eine ganz in der Nähe, die andere etwas weiter weg. Und sie erzählt weiter, aber da hört Nessy nicht mehr hin. Sie muss immer noch an den alten Mann denken, der durch den zerbrochenen Krug bestimmt viel Geld verloren hat. Der Arme. Kommt abends nach Hause, seine Frau fragt: »Na, Schatz, gute Geschäfte gemacht?« Und er sagt »Ja, bestens« und dann geht er in sein Zimmer, steckt sich eine Pistole in den Mund und drückt ab. So war es jedenfalls mal in einem Film gewesen.
»... Wäre doch toll, nicht?« Aber da merkt Mama schon, dass Nessy ihr nicht zuhört. »Ist was?«, fragt sie. »Du siehst irgendwie traurig aus!«
Und da erzählt Nessy, was passiert ist. Erst von dem dämlichen Geschubse, dann von dem kaputten Krug und schließlich von dem aufgebrachten alten Mann. Bloß den Ärger hinterher mit den Jungen lässt sie aus.

»Bestimmt war der Krug sehr teuer«, sagt sie am Ende finster.

»I wo«, sagt Mama. Sie kennt den Trödler. »Das ist kein teures Geschäft! Und solche Sachen, die er da draußen stehen hat, kosten nicht viel, das ist nur Kleinkram. Was aber nichts daran ändert, dass es feige war abzuhauen! Wenn man was angestellt hat, dann muss man auch dazu stehen.«

»Ja, nicht?«, sagt Nessy und ist erleichtert. Nun muss sich der Trödler also doch nicht erschießen, das ist gut. Er kann in die Schule kommen und sich die drei schnappen. Und dann ... Nessy isst die Tomatenblüte, ganz langsam.

»Ist noch was?«, fragt Mama.

Nessy holt tief Luft. Und dann erzählt sie's doch. Wie Maren das mit der Vierten gesagt hat und wie die drei ihnen gedroht haben.

»Na hör mal!«, sagt Mama empört. »Ihr werdet doch nicht Angst vor denen haben!«

»Aber wenn der Trödler in die Schule kommt«, sagt Nessy.

»Na und?«, ruft Mama und stellt ihr Glas mit einem Knall auf den Tisch. »Das ist mal wieder typisch! Erst stellen sie was an und dann, anstatt sich dazu zu bekennen, machen sie noch euch Mädchen Angst!« Sie ist richtig ärgerlich geworden. »Na, sollen die bloß wagen euch was anzutun! Das wäre ja noch schöner! Das musst du mir sagen, wenn die das wagen, hörst du?«

5

»Ja«, nickt Nessy und fängt wieder an zu essen. Die Vorstellung, dass Mama in die Schule kommt und sich über die Jungen beschwert, ist grauenhaft. Nessy würde lieber sterben als das zuzulassen. Sie hätte es lieber nicht erzählen sollen. Denn solche Sachen regen Mama immer furchtbar auf. Wenn Jungen böse zu Mädchen sind. Und auch, wenn Männer böse zu Frauen sind.
Warum das so ist, weiß Nessy ganz genau. Wegen Papa ist das so und wegen dem ganzen Ärger, den Mama mit ihm hatte. Ja, seit der Scheidung kann Mama Männer nicht leiden. Von Männern, sagt sie, habe sie vorläufig die Nase voll, mit denen gibt es nur Stress. Auch Nessy hat die Nase voll. Also, von den Jungs. Von Papa ... na ja, von dem nicht so. Den sieht sie sowieso nur einmal im Monat, da kann man ja gar nicht die Nase voll haben. Eher umgekehrt.
Deshalb will Nessy jetzt auch nicht mehr über die Jungs reden.
»Und?«, fragt sie stattdessen. »Was ist mit der WG?«
»Wie?«, sagt Mama zerstreut. Sie ärgert sich immer noch.
»Die WG«, sagt Nessy. »Mit Kind?«
»Nein. Ohne. Morgen schauen wir uns beide an.«
»Nein«, sagt Nessy. »Nicht beide. Nur die eine hier in der Nähe.«
»Mensch, Nessy! Wir können doch nicht nur nach der Entfernung – «
»Du hast es aber versprochen!«, ruft Nessy.

»Ja, schon, ich versuch's ja auch! Aber wir müssen uns auch die anderen anschauen. Darauf haben wir uns doch geeinigt.«

»Na gut«, sagt Nessy.

Sie will nicht streiten. Und Anschauen ist noch lange keine Zusage, das weiß sie. Sie haben sich schon einige WGs angeschaut und keine davon war die richtige. Entweder passte die Wohnung nicht oder die Leute, die darin wohnten. Eine gute WG zu finden braucht seine Zeit.

Nach dem Essen räumen sie den Tisch auf und machen Hausaufgaben. Nessy ist schnell fertig mit Mathe und auch mit Sachkunde. Mama nicht. Die plagt sich.

»In Englisch bin ich gut«, erzählt sie plötzlich. »Gestern hat sogar meine Tischnachbarin bei mir abgeguckt, stell dir das mal vor! Beim Vokabeltest!«

»Echt?«, sagt Nessy. Dass eine bei Mama abguckt, findet sie cool.

»Aber bei Mathe und Chemie tut sie das natürlich nicht«, sagt Mama und seufzt. »Da bin ich eine richtige Flasche.«

Nessy steht auf und blickt in Mamas Matheheft. O nein! Wie das aussieht! Alles tausendmal nachgerechnet, die Ergebnisse nicht unterstrichen ... Für so eine Heftführung würde Nessy garantiert eine Sechs bekommen. Aber das sagt sie natürlich nicht. Hat Mama doch so lange gebraucht, bis sie sich das mit der Abendschule überhaupt traute! Jetzt hat sie sich eine Zigarette geholt.

»Das ist schon die zweite!«, sagt Nessy streng. »Muss das sein?«
Mama seufzt müde und steckt die Zigarette wieder zurück in die Schachtel. »Was hab ich mir da für eine strenge Überwacherin zugelegt. Der entgeht aber auch gar nichts!«
»Willst du ein Rätsel lösen?«, fragt Nessy zufrieden.
»Ein Rätsel?«
»Ja! Was verdunstet schneller, Benzin oder Spiritus?«
Mama überlegt, runzelt die Stirn. »Benzin?«
»Ja!«, ruft Nessy und gibt Mama einen Schmatz. »Richtig!«
Na also. So eine Flasche ist Mama nun auch wieder nicht.

Zitronengelber Bademantel und knallrotes Haar

Das Wichtigste bei einer WG ist, sagt Mama, dass man zusammenpasst. Das ist das A und O. Sie hat ja schon früher, bevor sie Papa heiratete, in einer WG gewohnt, da kennt sie sich aus und weiß, was alles schief gehen kann. Wenn man nach dem Duschen Haare in der Badewanne zurücklässt zum Beispiel. Oder den gebrauchten Kaffeefilter nicht aus der Kaffeemaschine entfernt. Oder seinem Mitbewohner die letzte Scheibe Wurst wegisst. Um solche Sachen geht es. Dann, sagt Mama, fliegen die Fetzen. Bei Christiane flogen nie Fetzen.
Heute, am Samstag, wollen sie die zwei WGs besichtigen.
Nessy ist ganz früh aufgewacht und hat ihr neues blaues Kleid angezogen, das Papa ihr am letzten Vatersamstag gekauft hat. Nessy war ganz begeistert davon. Auch von der Stretchhose und dem Kapuzenshirt, die Papa ihr gekauft hat. Mama aber nicht. Sie haben sich sogar deswegen gestritten, als Nessy nach Hause kam. Weil Mama fand, es sei zu viel. Wie Weihnachten und Geburtstag zusammen, sagte sie.
»Aber was soll Papa denn sonst mit seinem Geld machen?«, rief Nessy aufgeregt. »Sag mir, was soll der arme Papa bloß tun? Wo ich doch seine einzige Tochter bin!«

Das sagt Papa nämlich immer. Dass es ihm Freude macht, für Nessy Geld auszugeben. Weil Nessy seine Lieblingstochter ist. Haha! Dabei hat Papa doch nur Nessy!

»Ja ja«, sagte Mama. »Mir kommen gleich die Tränen! Als wir noch zusammengelebt haben, da war ihm alles andere wichtiger! Aber jetzt, wo er den liebevollen Papi spielt ...«

»Lalalalala!«, sang Nessy. Immer fängt sie an zu singen, wenn ihr die Papa-Schimpferei zu viel wird. Sie singt so lange, bis Mama damit aufhört. Sowieso erzählt sie Mama meistens kaum etwas vom Vatersamstag. Dass sie mit Papa essen gegangen ist und ins Kino und dass es schön war. Weil Mama dann vielleicht denkt, Nessy mag es bei Papa lieber als bei ihr, und traurig wird.

Und vielleicht war Mama jetzt nur sauer, weil sie selber Nessy so ein edles Kleid nicht kaufen kann? Deswegen musste sie aber nicht sauer sein!

»Ich mag ja meine alten Sachen auch, weißt du«, sagte Nessy versöhnlich. »Und über was Neues freut man sich doch immer!« Da wurde Mama schon wieder lieb. Sie zog Nessy an sich und sagte, Nessy könne ja nichts dafür und das Kleid sei wirklich sehr hübsch.

Doch heute Morgen, als Nessy es angezogen hat, findet Mama es ein bisschen übertrieben. Sie sitzt schon am Frühstückstisch und schlürft ihren Kaffee, als Nessy so fein aufgemacht in die Küche kommt. Christiane ist nicht da, die schläft heute bei Randolf. Typisch.

»Wir gehen doch gleich zu der Besichtigung«, sagt Mama. »Dafür machst du dich so fein?«
»Ja«, sagt Nessy und sieht sich zufrieden im spiegelnden Küchenfenster an. »Man soll doch gut aussehen, nicht?«
»Man soll so aussehen, wie man ist«, antwortet Mama.
Aber Nessy hört nicht hin. Sollen die Leute ruhig sehen, dass Nessy ein nettes Kind ist. So eins, über das man sich in jeder WG freut. Denn darauf kommt es auch an. Schließlich will man ja nicht mit jedem zusammenwohnen. Auch Nessy will nicht mit jedem zusammenwohnen, darum will sie auch unbedingt bei jeder Besichtigung dabei sein.
»Oder ich kann die neue Stretchhose und das Kapuzenshirt anziehen«, sagt sie.
»Mach, was du willst«, sagt Mama. »Hauptsache, du wäschst dich auch noch.«
»Ja ja«, murrt Nessy und geht ins Bad.
Egal, wie sie es dreht, begeistert ist Mama nie, wenn Nessy neue Sachen von Papa bekommt. Sie hasst Papa, und wenn man jemanden hasst, dann kann man nichts gut finden, was der macht, das ist wohl klar.
Um halb zehn gehen sie los. Nessy hat doch lieber die neue Stretchhose und das Kapuzenshirt angezogen, sie fühlt sich darin unglaublich gut. Cool und groß. Ihre Beine vor allem, die fühlen sich an, als wären sie länger. Ja, Nessy ist größer geworden, jetzt spürt sie das ganz deutlich! Ist das nicht seltsam?

Man wächst und merkt es nicht einmal, kein Kribbeln und Ziehen, nichts.
»Am Telefon klang die Frau sehr nett«, erzählt Mama. »Sie heißt Marion. Wie die andere heißt, weiß ich nicht.«
Marion. Eine Marion ist bestimmt schön und edel. Nicht so dick wie Christiane. Und bestimmt hat sie auch einen tollen Kosmetiktisch mit Rouge und edlen Parfüms. Christiane hat ja immer nur Lipgloss.

Mama ist stehen geblieben. An der Bushaltestelle.
»Müssen wir denn hinfahren?«, fragt Nessy überrascht. »Du hast gesagt, es ist hier in der Nähe!«
»Das ist die andere WG, da gehen wir nachher hin.«
»Aber das ist zu weit!«, schreit Nessy. »Da muss ich ja die Schule wechseln!«
»Mensch, Nessy«, sagt Mama. »Fang nicht schon wieder damit an! In einem Jahr gehst du aufs Gymnasium, da wechselst du die Schule ja sowieso!«
»Aber ich will mit Maren zusammenbleiben!«, ruft Nessy.
»Ach, Maren«, sagt Mama. »Die geht bestimmt auf die Realschule.«
Der Bus ist gekommen, sie steigen ein. Nessy ist so wütend, dass sie sich nicht neben Mama setzt. Sondern drei Sitze dahinter. Düster blickt sie auf die Straße, selbst die Haltestellen will sie nicht mal zählen. Dass Mama so was sagt! Klar, Maren ist schlecht in der Schule – aber es ist noch ein Jahr Zeit und sie wird sich bessern! Nessy wird ihr dabei helfen und gute Spickzettel für sie machen.
Als sie aussteigen, geht Nessy ein Stück hinter Mama her. Soll Mama mal sehen, dass Nessy keine Lust hat hier zu wohnen! Aber auch kein bisschen.
Und sowieso ist die Straße ganz hässlich. Nur lauter gewöhnliche, graue Häuser. Keine Eisdiele weit und breit, kein Döner-Imbiss, nichts. Als Mama klingelt und die Haustür surrend aufgeht, folgt Nessy ihr unwillig ins

Treppenhaus. Auch hier sieht es hässlich aus. Dunkel, mit hohen Fenstern und knirschender Holztreppe. Im dritten Stock wird es zwar besser, aber die Treppe knirscht immer noch, wie in einem alten Spukschloss. Mama gefällt es, das sieht man. Alte Häuser, die mag sie gerne. Sie will schon die Klingel drücken, doch dann merkt sie, dass die Tür offen ist. Sollen sie reingehen? Einfach so?

Nein, Mama klingelt doch. Aber es passiert nichts. Keiner kommt. Na bitte.

Daran kann man doch schon sehen, was das für Leute sind. Die kommen, wenn man geklingelt hat, nicht einmal zur Tür! So was von unhöflich. Mama klingelt ein zweites Mal. Als auch dann nichts geschieht, treten sie vorsichtig ein.

»Hallo?«, sagt Mama. »Hallo?«

Und da kommt eine. Eine in zitronengelbem Bademantel. Sie kaut ein Marmeladebrötchen und schaut Nessy und Mama verwundert an. Ob das die Marion ist? Nein, sicher nicht. Dazu ist sie zu strubbelig.

»Oh«, sagt die Frau. »Ich dachte, das ist Steffen.«

»Ich bin die Sylvia und das ist Vanessa«, sagt Mama freundlich. »Wir haben zehn Uhr ausgemacht, oder?«

Einen kurzen Augenblick starrt die Frau sie beide an. »Einen Moment bitte, ja?«, sagt sie dann und rennt durch den langen Flur, reißt eine Tür auf und schreit: »Annette! Annette!!«

Und da, nach einer Weile, erscheint die andere. Eine in

langem weißem Nachthemd und mit knallroten Haaren.
»Hast du denn nicht angerufen?«, fragt die im Bademantel und zeigt zur Tür, wo Nessy und Mama stehen.
»Wegen der Besichtigung?«
Nun starrt auch die im Nachthemd Nessy und Mama an. So, als wären sie Gespenster. »Ich dachte, das hast du gemacht«, stottert sie.
»Darf man erfahren ...«, räuspert sich Mama.
»Die zwei Zimmer sind vergeben!«, sagt die im Bademantel und kommt wieder zu ihnen.«Und ich habe Annette gesagt, sie soll anrufen! Die Nummer hab ich ihr doch extra hingelegt!«
»Aber wir haben doch erst gestern telefoniert!«, sagt Mama fassungslos.
Und die im Bademantel nickt und ruft, ja, das stimme, aber danach habe noch jemand angerufen, jemand, mit dem sie schon vorher telefoniert hätten, und sie habe ja Annette gleich die Nummer hingelegt, und die im Nachthemd sagt, ja, das sei ihr jetzt furchtbar peinlich, das habe sie echt vergessen ... Aber da dreht Mama sich schon um, fasst Nessy bei der Hand und geht hinaus.
»Sorry, ja?«, ruft die im Nachthemd.
»Tut uns Leid!«, ruft auch die im Bademantel. »Ehrlich, du!«
Doch Mama antwortet nicht mehr. Mit zusammengekniffenen Lippen geht sie die Treppe runter.
»Jippieh«, sagt Nessy, als sie im Erdgeschoss sind.
Mama wirft ihr einen bitterbösen Blick zu.

»Ja was denn!«, ruft Nessy. »Die waren sowieso blöd!« Stimmt doch! Hier hätte Nessy doch wirklich nicht gerne gewohnt. Zwar hat die im Nachthemd tolle rote Haare gehabt, solche, die Nessy später auch haben wird, aber zuverlässig wird sie wohl nicht sein. Wo sie nicht mal anruft! So eine putzt einem bestimmt auch die letzte Scheibe Wurst weg. Und die andere war ohnehin keine Marion. Keine echte jedenfalls.

Nessy schaut wieder zu Mama. Ganz niedergeschlagen sieht sie aus, genau so, wie wenn sie mit einer Matheaufgabe nicht zurechtkommt. Und da kriegt Nessy ein schlechtes Gewissen.

»Mensch, Mama«, sagt sie. »Das wäre doch sowieso nix für uns gewesen!«

Mama braucht eine ganze Weile, bis sie antwortet. Erst draußen auf der Straße, als sie wieder durchgeatmet hat, nickt sie.

»Ja. Vielleicht hast du Recht.«

»Klar hab ich Recht!«, ruft Nessy zufrieden. »Wetten, die lassen ihre gebrauchten Kaffeefilter in der Kaffeemaschine ewig drin? Bis die schimmeln?«

Da lächelt Mama wieder.

Annelene spinnt mal wieder

Am Montagmorgen nieselt es. Nur ein leichter Schauer, keine dicken Tropfen, die schwer auf die Scheibe klatschen und dann in einem Rutsch nach unten rasen. Sondern eher kleine, die langsam und zaghaft heruntergleiten, so, als würden sie auf ihre Mitläufer warten und erst dann weiterrennen, wenn die anderen Tropfen sie eingeholt haben. Aber natürlich kann Nessy jetzt keinen anfeuern, dazu hat sie keine Zeit, sie muss ja zur Schule. Maren wartet auf sie und ist bestimmt neugierig, was bei den Besichtigungen gestern herausgekommen ist.
Leider hat es auch mit der zweiten WG nicht geklappt. Dort hat die Frau schon auf Nessy und Mama gewartet – mit einem Papagei auf der Schulter! Und zwei Hunde gab es auch. Das fand Nessy schon mal toll. Schwarze Mischlinge waren das, die Nessy gleich ganz freundlich beschnupperten und mit den Schwänzen wedelten. Und das Beste war – die Wohnung lag ganz in der Nähe. Zwar müsste Nessy dann mit dem Bus zum Gymnasium fahren, aber das müsste sie ja sowieso.
Doch Mama hat es nicht gefallen. Die Zimmer waren zu dunkel. Und die Frau zu geschwätzig. Mit so einer Nervensäge, sagte Mama, möchte sie nicht zusammenwohnen. Und die vielen Tiere haben Mama auch nicht ge-

passt. Dabei hat es dort nur ganz wenig gerochen! Aber was soll's. Nächste Woche gibt's wieder neue Anzeigen, vielleicht findet sich da was. Man muss Geduld haben.
Trotzdem ist Nessy, als sie heute in die Schule geht, ein bisschen nervös.
Wegen der drei Blödmänner natürlich und weil sie nicht weiß, was noch alles passiert. Am Wochenende hat sie nicht so viel an die Jungen gedacht, Mama hat ja gesagt, der Krug sei bestimmt nicht so wertvoll gewesen. Aber jetzt, wo Nessy sich der Schule nähert, ist ihr doch ein wenig mulmig zumute.
Wenn man Zeuge eines Verbrechens ist, dann muss man vorsichtig sein. Deswegen geht Nessy an jeder Kreuzung ein bisschen langsamer und späht zuerst um die Ecke.
Maren wartet heute wegen des Regens nicht an der Ampel wie sonst immer. Sie steht schon vor dem Schultor. Es ist noch abgeschlossen, also müssen sie warten. Und leider ist nicht nur Maren da, Annelene ist auch dabei. Und gleich, als Nessy in ihre Gesichter blickt, weiß sie, dass sie gerade von ihr gesprochen haben. Weil sie so komisch gucken, als Nessy auf sie zukommt. Hoffentlich hat Maren Annelene nicht von den dreien erzählt? Das hat Nessy Maren nämlich streng verboten! Weil Annelene immer so klug tut und auch petzt.
»Was ist?«, fragt Nessy.
Sie schauen sich gegenseitig an.
»Sag's doch«, sagt Maren zu Annelene.
Annelene schweigt.

»Was denn?«, will Nessy wissen.
»Das mit den Frauen-WGs«, sagt Maren. »Annelene sagt, die sind lesbisch.« Gespannt sieht sie Nessy an.
»Waas?«, fragt Nessy verblüfft.
»Oder schwul«, sagt Annelene. »Es gibt Schwulen-WGs und Lesben-WGs. Je nachdem.«
»Aber Nessys Mutter ist doch nicht lesbisch!«, ruft Maren. »Wo sie doch verheiratet war!«
»Sag ich ja auch nicht«, antwortet Annelene ruhig. »Ich sag ja nur, dass manche lesbisch sind.«
»Wer ist lesbisch?«, fragt Bastian Biemer, der gerade vorbeigekommen ist.
Ach ne, auch das noch! Bastian Biemer ist genauso schlimm wie Annelene.
Und die erzählt schon eifrig, dass Nessy und ihre Mutter demnächst in eine Frauen-WG ziehen werden und da kann man eben nicht wissen, ob das nicht eine Lesben-WG ist.
»Und, seid ihr jetzt lesbisch?«, fragt Bastian Biemer und die anderen Kinder, die inzwischen auch da sind, kichern laut und wollen wissen, wie das nun mit Nessy und ihrer Mutter ist.
»Spinnst du?«, faucht Nessy Bastian Biemer an und gibt ihm sogar einen wuchtigen Schubs. »Wenn Frauen zusammen wohnen, müssen die nicht gleich lesbisch sein.« Natürlich rufen die Kinder Nessy auch weiter blöde Sprüche zu. Aber sie hört nicht mehr hin. Sie findet das Ganze ziemlich unreif! Und alles wegen Anne-

lene. Die hat immer solche bescheuerten Einfälle. Die tut ja, als wüsste sie alles. Alles über Sex.
Doch dann ist zum Glück schon der Hausmeister da und macht früher auf, wegen des Regens. Nessy ist richtig froh, als es läutet. Als Erstes haben sie Deutsch, eine Doppelstunde. Frau Göbel hat korrigierte Diktate mitgebracht. Nessy hat eine Zwei, Frau Göbel lobt sie. Und Maren? Eine Vier. Trotzdem freut sie sich. Denn sonst hat sie ja lauter Fünfen.
Außerdem haben sie im Augenblick sowieso andere Sorgen. Vielleicht kommt heute der Trödler! Direkt zu Herrn Tessloff, dem Direktor. Gleich geht die Tür auf und Herr Tessloff und der Trödler kommen rein und der Trödler erkennt Nessy und Maren wieder. Und dann gehen sie zusammen alle Vierten durch und schließlich stehen sie in der Vierten, wo die drei sitzen. Und Nessy und Maren zeigen auf sie und sagen: »Diese da!« Das müssen sie dann nämlich tun, denn sonst wäre es ja eine Falschaussage und die ist strafbar. So war's auch im Fernsehen.
Aber die Tür geht nicht auf, nicht in der ersten und auch nicht in der zweiten Stunde und dann ist große Pause und sie gehen auf den Hof, denn inzwischen hat der Regen ganz aufgehört. Nessy und Maren verdrücken sich bis in die äußerste Ecke und halten Ausschau.
Jetzt haben sie die drei entdeckt. Hinten bei der Turnhalle stehen sie zusammen mit anderen Jungs und werfen Papierflieger. Sönke, Franco Zambuto und der große Junge. So, als wäre nichts. Sie schauen auch kein einzi-

ges Mal zu Nessy und Maren hin und sie kommen auch nicht rüber um sie zu ärgern. Und als es wieder läutet, laufen sie rein und tun so, als gäbe es Nessy und Maren gar nicht. Na, umso besser.
Trotzdem machen Nessy und Maren auch nach Unterrichtsschluss ganz langsam und kommen als Letzte aus der Schule raus. Man kann ja nie wissen.
Doch draußen, auf der Straße, sind die drei nirgendwo zu sehen. Ha, da sind sie wohl ganz schnell nach Hause gerannt! Anscheinend ist der Trödler noch nicht da gewesen. Vielleicht kommt er erst morgen. Oder auch gar nicht? Dann hätten die drei aber Mordsglück gehabt!
Doch alles kommt anders. Denn als Nessy und Maren kurze Zeit später an der Ampel stehen, sehen sie die drei wieder. Sie schlendern von der anderen Seite auf die Ampel zu. Mist! Jetzt werden die drei sie wohl schnappen. Sie schnappen und ihnen die Arme verdrehen und erst wenn Nessy und Maren höhnisch sagen, ja ja, wir sind ja blöde Petzen, lassen sie sie wieder los. Nessy dreht sich schnell um, damit sie nicht gesehen werden kann. Maren auch, die will den Jungs auch nicht begegnen, auf keinen Fall!
Die Ampel springt auf Grün, sie laufen über die Straße und dann schlüpfen sie in das erste Geschäft, das sie erblicken. Eine Metzgerei ist das.
So. Jetzt sind sie in Sicherheit. Hier werden die drei sich nicht reintrauen. Der rotbackige Metzgermann und die Metzgerfrau an der Theke sind kräftige Leute. Die lassen

nicht zu, dass ihre Kundschaft belästigt wird. Denn das sind Nessy und Maren ja jetzt, Kundschaft.
Das Dumme ist nur, dass sie nichts kaufen wollen. Aber das können die Metzgerleute ja nicht wissen. Sollen sie auch nicht. Sie sollen denken, Nessy und Maren haben sich noch nicht entschieden, welche Wurst sie nehmen. Oder welches Fleisch. Davon gibt es hier wirklich genug. Nessy und Maren haben sich in der Warteschlange angestellt und starren in die Auslagen und zwischendurch schauen sie auch durchs Schaufenster auf die Straße. Hoffentlich gehen die drei bald vorbei? Dann können sie wieder raus.
Die Warteschlange wird nämlich immer kürzer. Also lassen Nessy und Maren die anderen vor. Vielleicht sind die drei draußen stehen geblieben und lauern ihnen auf? Na, dann können sie aber lange warten.
Wenn bloß die Warteschlange nicht immer kürzer werden würde! Gleich sind sie dran. Jetzt müssen sie wirklich was kaufen! Ein Stück Wurst vielleicht? Nessy holt schnell ihre Geldbörse. Leider hat sie heute wenig Geld bei sich, so ist es meistens bei Nessy, immer ist ihr Portemonnaie leer, heute sogar noch leerer als sonst. Achtzig Pfennig, neunzig ... Und Maren? Die hat noch weniger. Zwanzig, dreißig ... Das reicht wahrscheinlich nicht einmal für eine Scheibe Schinken!
Eine neue Kundin kommt rein, zum Glück. Die lassen sie auch vor.
Oder sollen sie lieber die Wahrheit sagen? Dass sie gar

nichts kaufen wollen und sich bloß vor blöden Jungs verstecken, die sie ärgern wollen? Ja, das könnten sie! Sie könnten sagen, dass sie Flüchtlinge sind. Wenn Menschen Zuflucht suchen, muss man sie ihnen auch bieten, das hat ja Frau Göbel gesagt.
Die Dame vor ihnen kauft Schweinskopfsülze, zweihundert Gramm.
»Ja bitte?«, fragt die Verkäuferin danach Nessy. »Was darf's sein?«
Nessy schluckt. Und dann bestellt sie auch Schweinskopfsülze. Für eine Mark zwanzig.

Ein schönes Haus mit Garten

So ein Ärger aber auch! Das ganze Geld haben sie für die Schweinskopfsülze ausgegeben! Sie haben abgewartet, bis die drei endlich vorbeigegangen waren, erst eine Weile danach sind sie raus. Und es ist nichts passiert. Nessy war aber trotzdem stinkwütend. Auf die drei und auch auf sich selbst. Eigentlich war es blöd gewesen, sich zu verstecken! Sie hätten den dreien ruhig begegnen sollen! Und wehe, wenn die Jungs Ärger angezettelt hätten. Dann hätte Nessy gesagt, sie gehe zur Polizei. Weil das nämlich Frauengewalt ist. Oder Männergewalt? Na, egal, danach jedenfalls wäre Ruhe gewesen!
Maren aber war ganz froh. Den drei Affen nicht begegnet zu sein, das, sagte sie, sei ihr das Geld wert. Von der Schweinskopfsülze übrigens hätte sie auch gerne gekostet. Doch Nessy war so wütend, dass sie sie draußen gleich in die erste Mülltonne geschmissen hat. Sowieso will sie keinem Schwein den Kopf wegessen.
Verdrossen geht sie nach Hause. Und als sie dort ankommt, ist die Sache sofort vergessen. Denn das, was Mama ihr beim Essen verkündet, verschlägt Nessy die Sprache.
»Was?«, fragt sie verblüfft, als Mama ihr die Neuigkeit erzählt hat. »Ein *Mann*?«

»Ja«, sagt Mama und kratzt angebrannten Pfannkuchen ab. Heute hat sie Tütensuppe und Pfannkuchen gemacht, für die angebrannten Pfannkuchenstücke hat sie extra eine Schale hingestellt.
»Wir brauchen eine neue Pfanne«, sagt sie resolut. »Das ist es! Die beiden alten haben Kratzer, darum brennt es immer an. Morgen kauf ich eine neue, dann wirst du sehen, wie's gelingt!«
Nessy nickt ungeduldig, die neue Pfanne interessiert sie jetzt kein bisschen.
Wie war das noch mal?
Die Nachricht kommt von Christiane. Heute Vormittag hat sie Mama auf der Arbeit angerufen, ganz aufgeregt, und hat es ihr erzählt. Dass Randolf angerufen und von einer Kollegin erzählt hat, die wiederum eine Freundin hat, deren Bekannter ... oh, Nessy kommt kaum mit, wie das nun genau war, so kompliziert klingt das alles. Erst als Mama sagt, dass der Mann eine Mitbewohnerin sucht – da wird Nessy hellhörig.
»Ein Mann, ja«, wiederholt Mama. »Geschieden, mit Kind. Er sucht eine Mutter mit Kind zum Mitwohnen. Oder einen Vater.«
»Aber ...«, stottert Nessy. Sie kann es immer noch nicht richtig begreifen. Vielleicht macht Mama einen Witz? Nein, so sieht sie eigentlich nicht aus. Eher aufgeregt. So aufgeregt, dass sie sich ein ganzes Stück angebrannten Pfannkuchen in den Mund steckt und es nicht einmal merkt.

»In einem Haus mit Garten. Und rate mal, wo!«

Nessy will nicht raten.

»In der Möbiusstraße!«, sagt Mama. »Höchstens zwanzig Minuten zu Fuß von hier entfernt!«

Nessy bringt immer noch keinen Ton heraus, wortlos stochert sie in den Pfannkuchenstücken herum. Sie weiß gar nicht, was sie dazu sagen soll. Ein Haus mit Garten, ein Kind, ein geschiedener Mann ... ein *Mann*! Davon ist noch nie die Rede gewesen. Immer hat Mama gesagt, sie suchen sich eine Frauen-WG. Weil Männer meistens Stress machen.

Stress ... ja, das hatte Mama mit Papa. Weil Papa nicht treu sein konnte und mit anderen Frauen rummachte, und Mama musste dann abends seine Manteltaschen durchsuchen mit zittrigen Händen und ganz hektisch. Nessy hat es ja gesehen, da war sie noch klein, als sie mal nachts aufs Klo gegangen war und Mama dabei zusah. Sie wusste nicht, was Mama suchte, sie wollte ihr aber beim Suchen helfen, doch Mama rief nervös, Nessy solle sofort wieder in ihr Zimmer gehen, aber da kam schon Papa aus dem Schlafzimmer und schrie, Mama solle die Kleine da nicht reinziehen. Und Mama schrie auch und dann brachte sie Nessy zurück in ihr Zimmer. Sie legte sich zu ihr ins Bett und kuschelte sich an Nessy und Nessy sagte nichts und war froh, dass Mama neben ihr lag, denn solange sie da lag, konnte sie nicht mit Papa weiterstreiten. Sie zwickte sich sogar in den Arm, um wach zu bleiben, doch es gelang ihr nicht. Am nächsten

Morgen herrschte beim Frühstück eisige Stille, da wusste Nessy, dass die Streitunterbrechung nichts genutzt hatte. Und nun das! In der Möbiusstraße. Natürlich wäre das toll, da bräuchte Nessy ja die Schule nicht zu wechseln! Aber ein Mann ...
Mama sieht sie prüfend an, sie weiß genau, was Nessy durch den Kopf geht.
»Ja«, sagt sie. »Wahrscheinlich ist das auch Quatsch. Christiane sagt, wir brauchen da gar nicht erst anrufen, wenn wir nicht wollen.«
»Und das Kind?«, fragt Nessy.
»Was ist damit?«
»Na, wie alt?«
»Keine Ahnung«, sagt Mama. »Ich habe ja noch nicht angerufen.«
Sie greift nach dem Zettel, der auf dem Tisch liegt, und schiebt ihn Nessy zu.
MAYER, WOLFGANG steht da. Und eine Telefonnummer darunter.
»Mayer«, sagt Nessy. »Mayer mit Kind.«
»Ja.«
»Kein Schwuler also«, sagt Nessy, ohne aufzuschauen.
»Wie bitte?«, sagt Mama erstaunt.
»Wenn er ein Kind hat, kann er nicht schwul sein«, sagt Nessy und kratzt sorgfältig ein Stück angebrannten Pfannkuchen ab.
»Schwul?«, fragt Mama. »Wieso schwul?«
Nun wird Nessy aber langsam sauer. Dass Mama auch

so schwer von Begriff ist! »Es gibt Schwulen-WGs und Lesben-WGs«, sagt sie. »Du hast wohl keine Ahnung, was?«

»Natürlich hab ich eine Ahnung!«, ruft Mama.

»Bist du jetzt lesbisch?«, erkundigt sich Nessy.

»Nein«, sagt Mama. »Aber wie kommst du denn darauf?«

»Ich frag ja nur«, sagt Nessy. »Und was wird nun?«

»Wie?«, fragt Mama zerstreut.

»Na, mit dem Mann! Rufst du an?«

»Soll ich?«

»Weiß ich doch nicht!«, sagt Nessy. Sie fischt sich auf ihrem Teller die letzten heilen Pfannkuchenstücke heraus und überlegt.

Mit einem Mann zusammenwohnen! Das wäre natürlich keine Frauen-WG. Sondern eine gemischte. In so einer hat Mama als junge Frau ja gewohnt. Ganz lustig sei es gewesen, hat sie erzählt. Doch jetzt ist Mama keine junge Frau mehr. Sie hat ja Nessy. Und sie wollen ihre Ruhe haben.

Nach dem Essen räumen sie auf und machen Hausaufgaben. Mama schreibt englische Sätze und streicht sie durch und schreibt sie neu und streicht sie wieder durch und auch Nessy kann nicht richtig Mathe rechnen. Immer muss sie an den Mann denken! Und an die Möbiusstraße. Und an das Haus und das Kind ... was für ein Kind das wohl ist?

Nach den Hausaufgaben gehen sie einkaufen. Mama will sich alles in Ruhe durch den Kopf gehen lassen.

Auch Nessy will sich alles durch den Kopf gehen lassen und außerdem braucht sie eine silberne Gummizugmappe, so eine, wie sie auch Maren und Annelene haben. Im Kaufhaus gibt es viele Gummizugmappen, auch die silberne. Die ist nicht gerade die billigste, aber Mama kauft sie Nessy trotzdem und ohne Wenn und Aber. Daran kann man sehen, wie verwirrt sie ist! Und dann, unterwegs nach Hause, werden Mamas Schritte plötzlich langsamer. Bis sie stehen bleibt.

»Wollen wir da mal vorbeigehen?«, fragt sie. »In der Möbiusstraße?«

»Vorbeigehen?«

»Ja! Nur um zu gucken!«

»Aber nicht klingeln!«, sagt Nessy.

»Nein, nur schauen!«

»Wenn du willst«, sagt Nessy.

Sie ist eigentlich ganz hübsch, die Möbiusstraße. Nicht so eng wie die, in der Nessy und Mama und Christiane wohnen, wo man so schwer parken kann. In der Möbiusstraße ist genug Platz, für Autos und auch für Menschen. Bäume gibt's dort auch. Und Häuser. Doppelhäuser meistens. Nessy und Mama gehen die Häuser entlang, dabei sehen sie sich die Namensschilder an. Kein Mayer. Aber dann, fast am Ende, entdecken sie es doch. Ein kleines altes Haus mit spitzem Ziegeldach und braunen Holzfenstern.

WOLFGANG MAYER steht auf dem Namensschild.

»Da ist es ja«, sagt Mama überrascht.

So ein altes Haus hat sie nicht erwartet. Auch Nessy gefällt es. Vor allem der Garten. Ein bisschen verwildert sieht der aus, mit vielen Büschen und zwei großen Bäumen darin. Mama will noch ein bisschen hineinspähen, aber da zieht Nessy sie schon fort, es ist ja schon peinlich genug, wie sie da herumlungern und hineinstieren. Aber eins haben sie doch bemerkt – im Garten steht eine Schaukel! Und ein Sandkasten. Und damit ist alles klar – das Kind ist ein Kleinkind. Kein Baby, das man noch wickeln und baden muss, sondern eins, das überall herumtappt und alles kaputtmacht, was einem am Herzen liegt. Und vielleicht müsste Nessy sogar babysitten!
»Na, dann wäre die Sache aber schnell erledigt«, sagt Mama. »Ausnutzen lassen wir uns natürlich nicht! Nicht zum Babysitten und zum Haushaltmachen schon gar nicht!«
»Rufst du denn an?«, fragt Nessy verblüfft.
»Weiß ich noch nicht, Mensch! Weiß ich nicht!«, ruft Mama aus und marschiert nach Hause.
Bestimmt ist es ein Mädchen, das Kind, denkt Nessy. Eins, das mit Babypuppen spielt und Traumschlösser aus Lego baut. Nun ja, das wäre nicht so schlimm, da könnte Nessy vielleicht mal zuschauen, vor kurzem hat sie ja noch selber welche gebaut. Vier-Gewinnt könnte man mit so einem Zwerg natürlich nicht spielen. Abends geht die sowieso ganz früh schlafen. Dann bleibt nur der Vater übrig und mit dem könnte man wohl kaum Tee trinken und Kekse essen. So einer erzählt auch bestimmt

nicht aus seinem Leben und davon, warum er immer auf die Falsche trifft. Und beim Gewitter? Da wäre Nessy aufgeschmissen.
Zu Hause zündet Mama sich eine Zigarette an und telefoniert mit Christiane. Und nun ist Christiane unbedingt dafür, dass Mama anruft! Aber das war ja wohl zu erwarten. Die will sie doch nur loswerden, je früher, umso besser!

Und dann zündet Mama sich eine zweite Zigarette an und ruft den Mann an.
»Fragen kostet nichts«, meint sie, als sie die Nummer wählt. »Und sicher stellt sich gleich heraus, dass das nichts für uns ist!«
Das Telefon dabei laut zu stellen lehnt sie aber ab, da kann Nessy noch so drängen und bitten. Nessy soll sich hinsetzen und abwarten!
Es geht auch einer ran. Und da legt Mama gleich los. Eigentlich, sagt sie, sei es ein Zufall, dass sie anrufe, denn die Nummer habe sie über Randolf, nein, eigentlich über dessen Bekannte, besser gesagt über den Kollegen von der Bekannten bekommen und eigentlich suchen sie eine Frauen-WG ... Nessy hört zu und wundert sich. Denn Mama redet ganz anders als sonst, irgendwie hastig und nervös, Nessy schämt sich fast, dass Mama so komisch stottert. Doch dann ist plötzlich Stille, Mama hört nur zu.
»Ja«, sagt sie. »Verstehe.«
»Nein, geschieden.«
»Kalt oder warm?«
Was kalt oder warm bedeutet, weiß Nessy. Warm bedeutet mehr Geld. Kalt heißt weniger. Auf warm kommt es aber an.
»Das ist aber lustig!«, ruft Mama. »Meine Tochter ist neun!«
Lustig? Was sollte daran lustig sein? Ist das Mädchen etwa doch ein Baby? Eins mit Schnuller und rosa Latz?

Leider erfährt man das nicht, denn nun hört Mama wieder eine ganze Weile zu und dann, als sie sich alles angehört hat, sagt sie: »Tja ... da müsste man sich zuerst mal treffen, nicht? Ganz unverbindlich natürlich!« Und dann erklärt sie noch, dass sie Abendschule macht und eigentlich nur zwischen drei und fünf kann ... doch da hört Nessy nicht mehr genau hin.

Mama will also doch hingehen! Sie will sich das Haus anschauen und das Kind und den Mann! Jetzt hat sie sich verabschiedet und legt auf.

»Morgen um sechzehn Uhr«, sagt sie.

»Und das Mädchen?«, fragt Nessy.

»Das Mädchen ist ein Junge«, sagt Mama. »Und zehn Jahre alt.«

Raphaels sind selten

Ein Junge! Und dazu noch zehn! Kann man sich denn was Schlimmeres vorstellen? Nessy kann es nicht. Deswegen hat sie ja gestern mit Mama so laut diskutiert. Bevor Mama in die Schule ging und auch danach, als sie spät abends nach Hause kam. Das mag Mama nicht, wenn Nessy nachts mit ihr diskutieren will, aber es ging nicht anders. Nessy war ja sowieso noch wach, so aufgewühlt war sie durch die schreckliche Nachricht. Und sie wollte gleich klären, dass sie nicht hingeht. Mama aber wollte das.

»Jetzt haben wir es ausgemacht und deshalb gehen wir auch hin«, sagte sie. »Alles Weitere wird man sehen.«

»Alles Weitere? Was für alles Weitere?«, rief Nessy aufgeregt.

»Na, alles Weitere eben! Bestimmt ist wieder ein Wurm drin wie immer.«

»Ja, natürlich ist ein Wurm drin!«, rief Nessy. »Der Junge! Ich will nicht mit einem Jungen zusammenwohnen! Und du hast gesagt, wir suchen uns eine Frauen-WG! Immer sagst du – «

»Ja ja! Will ich ja auch!«

»Also! Warum gehen wir dann überhaupt hin?«

»Weil es die Möbiusstraße ist«, sagte Mama. »Und ein Haus. Und die Miete achthundert Mark. So ein Angebot bekommt man doch nicht alle Tage. Und überhaupt« – jetzt wurde Mama genauso laut wie Nessy – »weiß ich nicht, warum wir uns jetzt so aufregen! Bestimmt wird es sowieso nichts. Ich weiß doch gar nicht, was das für einer ist, der Mann!«
Na, was sollte Nessy erst sagen. Wusste sie etwa, was das für ein Junge war? Nein, keinen Schimmer! Nur, dass er zehn war und Mayer hieß und das war nicht gerade umwerfend viel. Wenn Mama wenigstens gefragt hätte, in welche Schule der ging! Aber nein, das hat sie in der ganzen Aufregung vergessen. Wahrscheinlich in die neben der großen Tankstelle, die der Möbiusstraße am nächsten liegt. Das soll die bescheuertste Grundschule der ganzen Stadt sein.
Mittlerweile ist es Morgen, sie sitzen beim Frühstück und Mama will immer noch hingehen. »Anschauen möchte ich es mir schon«, sagt sie und steckt sich eine Zigarette an. Nessy nippt an ihrem Kakao und kräuselt die Nase. Die Zigarette nach dem Frühstück, sagte Mama, sei das Erste, was sie abstellen möchte. Wann sie damit anfängt, hat sie nicht gesagt. Na, jetzt wohl nicht, wo sie aufgeregt ist, da raucht sie immer.
»Zwei Zimmer unterm Dach sind frei, für die sie Untermieter suchen. Er und sein Sohn wohnen unten. Ein lieber Kerl, hat er über ihn gesagt.«
»Pah«, sagt Nessy. »Das sagen Eltern immer.«

»Ich nicht«, sagt Mama und lächelt. »Manchmal sag ich schon, dass du eine Nervensäge bist.«
»Haha.«
»Wenn du nicht mitkommen willst, geh ich alleine hin. Nur schauen. Wahrscheinlich war's das und du brauchst überhaupt nicht mehr hingehen.«
»Okay«, sagt Nessy. Dann trinkt sie ihren Kakao aus und geht in die Schule. Wie immer wartet Maren schon an der Ecke. Und als Nessy ihr von dem Haus in der Möbiusstraße erzählt, strahlt Maren übers ganze Gesicht.
»Geil!«, ruft sie. »Dann würden wir zusammenbleiben für alle Ewigkeit!«
»Ja«, murrt Nessy. »Und der Junge?«
»Vielleicht ist er nett«, sagt Maren vorsichtig. »Es gibt ja auch nette Jungs.«
»Wie die drei, was? Willst du wieder Sülze kaufen?«
Das will Maren natürlich nicht. Sie habe es zu Hause erzählt, sagt sie. Und ihr Vater würde sich sofort einschalten, wenn die drei ihnen zu nahe kämen!
»Ich geh heute Nachmittag sowieso nicht zu der Besichtigung«, sagt Nessy.
Eine Weile schlendern sie schweigend vor sich hin.
»Mein Cousin ist auch zehn«, sagt Maren schließlich. »Den kennst du doch! Den Raphael aus Hannover! Ist der nicht süß?«
Ja, an den kann Nessy sich gut erinnern. Früher einmal war er bei Maren zu Besuch gewesen und sie haben mit ihm gespielt. Der war klein wie ein Hühnchen und wirk-

lich ganz nett. Konnte jedes Wort rückwärts sagen. Und als sie Krankenhaus spielten, ließ er sich überall operieren. Überall!
Zu weiteren Überlegungen kommt Nessy nicht, sie sind schon vor der Schule und sie muss aufpassen, ob sie den drei Affen begegnen. Aber sie sind nirgendwo zu sehen. Auch Annelene und Bastian Biemer lassen Nessy in Ruhe und rufen ihr keinen Blödsinn über Lesben-WGs mehr zu. Dann haben sie Sachkunde und lernen die vier Himmelsrichtungen. Das ist gut, denn da braucht man bloß einen Kompass ins Heft zu malen und dabei kann man gut nachdenken.
Mit so einem wie Raphael zusammenzuwohnen ... nun ja, das würde vielleicht gehen. Der wäre ja fast wie ein Bruder. Aber Raphaels sind selten. Nein, Nessy kann es sich einfach nicht vorstellen, mit einem Jungen zusammenzuwohnen! Obwohl ... zwei Zimmer oben, da würde man sich vielleicht nicht so oft begegnen. Höchstens in der Küche. Oder wenn man ins Bad geht. Ob ein Junge länger im Bad bleibt als ein Mädchen? Das weiß Nessy nicht. Sie selber braucht manchmal viel Zeit. Wenn sie Mamas Wimperntusche benutzt zum Beispiel oder Christianes Lipgloss. Oder wenn sie sich zusammengeknäulte Taschentücher unters T-Shirt steckt um zu prüfen, ob Brüste überhaupt zu ihr passen würden.
Ob der Junge dann, wenn sie lange im Bad bleibt, gegen die Tür hämmert und schreit, er schneide ihrer Barbiepuppe die Haare ab, wenn sie nicht sofort rauskäme?

Das tut Marens großer Bruder nämlich. Dabei bleibt er selber immer ewig lang im Bad! Kein Mensch weiß, was er so lange drin tut. Maren sagt, sie möchte es auch lieber nicht wissen.
Vielleicht ist es wirklich so einer wie Marens Cousin Raphael? Ganz schüchtern und klein wie ein Hühnchen? Bei der Vorstellung muss Nessy ein bisschen schmunzeln. Sie sieht ihn bereits, wie er in die Küche kommt um sich eine Wurststulle zu machen. Im Kühlschrank ist aber keine Wurst drin. Jedenfalls nicht in den Kühlschrankfächern von Raphael und seinem Vater. Dafür gibt es aber welche in den anderen Fächern. Und natürlich mopst er sich davon eine Scheibe! Aber da steht Nessy schon in der Tür und hat ihn erwischt. »Werd nicht frech, Hühnchen!«, sagt sie. »Sonst braten wir dich!« Dann wird er rot und haut ab.
Nessy muss den Kopf senken, damit man sie nicht lachen sieht. Auf einmal hat sie keine Angst mehr hinzugehen. Im Gegenteil, sie ist richtig neugierig.

Alles ganz unverbindlich!

Am Anfang von der Möbiusstraße sind sie ganz flott gegangen. Jetzt, wo sie fast an deren Ende sind, werden Nessys und Mamas Schritte immer langsamer.
»Wenn ich dreimal huste, dann will ich nicht mehr«, sagt Nessy. »Dann verabschieden wir uns gleich und gehen!«
»Und wenn es dir gefällt?«, fragt Mama.
»Dann ziehe ich mir am Ohrläppchen.«
»Gut, abgemacht«, sagt Mama und lächelt. Sie ist froh, dass Nessy es sich anders überlegt hat und doch mitkommt.
Jetzt stehen sie schon vor dem Haus. Sie schauen über den Zaun, nun schämen sie sich nicht mehr hineinzuspähen. Alles ist wie gestern. Der Garten, die Schaukel, der Sandkasten. Da drin allerdings ist kein Spielzeug zu sehen, kein Eimer und keine Schaufel. Also spielt der Junge doch nicht im Sandkasten. Na, wäre auch ziemlich bescheuert. Zehnjährige spielen ja ganz andere Sachen. Sie sitzen vor ihrer Playstation oder spielen Fußball. Oder sammeln ausländische Bierdeckel wie Marens Cousin Raphael.
Mama hat schon geläutet.
»Keine Sorge«, sagt sie noch schnell zu Nessy. »Wir le-

gen uns sowieso nicht fest! Erst mal schauen wir, ob die Leute überhaupt ...«

Mehr kann sie nicht sagen, denn da geht auch schon die Tür auf.

Und rausgekommen ist ... ein Briefträger.

Der Briefträger, der bei Nessy und Mama und Christiane jeden Tag die Post bringt! Das heißt, es ist nicht derselbe Briefträger, aber er sieht ihm sehr ähnlich. Auch riesengroß, die gleichen kurzen Stoppelhaare, das gleiche schüchterne Lächeln ... Das Einzige, was fehlt, ist das Rad mit den gelben Seitentaschen.

Es ist Wolfgang Mayer. Er kommt schnell zur Gartentür, gibt Mama die Hand und dann auch Nessy, drückt sie ganz fest. Sein Sohn Jan, erklärt er, sei leider noch nicht zu Hause, der käme aber gleich, er sei beim Schlagzeugunterricht.

Nessy ist enttäuscht. So neugierig war sie auf den und jetzt ist er nicht da!

Jan also. Nicht Raphael natürlich. Und beim Schlagzeugunterricht. Das wiederum findet sie gut. Schlagzeug ist lustig. Gitarre ist noch besser. Papa kann das, hat noch seine alte Gitarre zu Hause, manchmal spielt er Nessy Abba-Lieder vor.

Wolfgang Mayer hat sich Nessy zugewandt.

»Jan ist richtig gespannt, was für ein Mädchen das ist«, erzählt er. »Er hat mich gebeten ganz genau zu schauen! Ich meine, falls Sie weg sind, bevor er nach Hause kommt.«

Nessy weiß nicht, was sie dazu sagen soll, außerdem muss sie auf Wolfgang Mayers Schuhe starren, die sind nämlich riesig. So große Schuhe hat Nessy in ihrem ganzen Leben noch nicht gesehen. Und Mama redet gleich los.

»Also, um es gleich vorneweg zu sagen«, sagt sie. »Wir wollen wirklich nur ganz unverbindlich schauen ...«

»Na klar!«, sagt Wolfgang Mayer. »Natürlich!« Und sie gehen alle rein und Wolfgang Mayer erzählt, wann sie hier eingezogen seien und dass sie das Haus nicht gekauft, sondern gemietet hätten, es sei ja ganz günstig gewesen, weil es so alt sei und renovierungsbedürftig.

»Verstehe«, sagt Mama.

Sie stehen im Flur. Am Kleiderhaken hängt eine Jungenjacke, darunter liegen ausgelatschte Jungenschuhe. An der Wand unterm Fenster steht eine große Kübelpflanze, deren Blätter ein bisschen welk aussehen. Wolfgang Mayer sieht Nessys Blick. »Ja, das ist eigentlich Jans Aufgabe, die Blumen. Und wie man sieht, ist er kein guter Blumengießer.«

Diesmal kann Nessy ein wenig lächeln. Auch sie vergisst ja manchmal ihren Hibiscus zu gießen und merkt es erst, wenn die Blätter schlaff herunterhängen.

Sie gehen ins Wohnzimmer. Einen Dielenboden gibt es dort, den mag Mama sehr, auch Nessy gefällt er. Wenn man dicke Socken anzieht, kann man darauf bestimmt Eiskunstlauf spielen. Wenn Wolfgang Mayer jetzt nicht da wäre, würde sie es gleich ausprobieren. Einfach mal

quer durchs Zimmer schlittern. Vom Sofa bis zu dem Fernseher auf dem Boden. Ein winzig kleiner! Das findet Nessy schlecht. Zu Hause haben sie einen viel größeren.
»Schön«, sagt Mama beeindruckt und geht zu der Terrassentür und schaut in den Garten. »Ein Traumhaus.«
»Ja«, sagt Wolfgang Mayer und sein Gesicht wirkt ein wenig traurig. »Das fanden meine Exfrau und ich auch, als wir hier eingezogen sind. Aber dann kam alles anders.«
»Verstehe«, sagt Mama.
Sie gehen auf die kleine Terrasse, auch dort ist es schön. Ein Tisch steht da, darauf eine Schale mit großen, dunkelblauen Pflaumen, um die massenweise Wespen herumschwirren. Nessy macht einen Schritt zurück.
»Keine Angst, die wollen nur naschen«, sagt Wolfgang Mayer. Er sucht drei schöne Pflaumen aus und gibt sie Nessy. Nessy ist so überrascht, dass sie vergisst danke zu sagen. Und als es ihr einfällt, ist es schon zu spät, da hat Wolfgang Mayer sich bereits zu Mama umgedreht und ihr auch Pflaumen angeboten. Mama legt ihren Rucksack ab und nimmt sich eine. Natürlich bedankt sie sich!
Und dann stehen sie da und schauen in den Garten und Wolfgang Mayer erklärt immer noch ein bisschen schüchtern, wie das mit dem Haus sei. Eigentlich, sagt er, hätten sie noch gar keine Zeitungsannonce aufgegeben, sondern gerade erst beschlossen Mitbewohner zu suchen. Zuerst, also nach der Scheidung, hätte es ausgesehen, als würden sie hier ausziehen, und da habe Jan

natürlich ein Riesentheater gemacht, der sei hier ja ganz glücklich, gehe hier zur Schule und habe Freunde ... »Aber das kennen Sie wahrscheinlich auch.«
»Oh ja«, sagt Mama und blickt lächelnd zu Nessy, die immer noch mit den drei Pflaumen in der Hand dasteht, »das kennen wir«.
Ja und dann, erzählt Wolfgang Mayer und räuspert sich wieder, seien Jan und er doch hier geblieben und da sei ihnen eingefallen, dass sie sich für die zwei Zimmer oben Untermieter nehmen könnten, am besten eine Mutter mit Kind oder einen Vater mit Kind, das wäre vielleicht ganz nett, denn er arbeite ja den ganzen Tag und Jan sei allein zu Hause ...
»Ich arbeite nur halbtags«, sagt Mama. »Dafür bin ich aber abends weg, da ist Vanessa dann auch allein.«
»Vanessa«, sagt Wolfgang Mayer. »Ein schöner Name.«
Meistens heiße ich aber Nessy, will Nessy sofort sagen, aber natürlich sagt sie das nicht, wenn sie schon nicht danke gesagt hat für die Pflaumen, dann wäre das ja blöd. Sie geht einfach nur Wolfgang Mayer und Mama hinterher, denn oben sind ja die zwei Zimmer, die sie sich jetzt anschauen sollen. Unterwegs isst Nessy auch endlich die Pflaumen, die sind wirklich lecker.
Und dann steht Nessy oben in einem leeren Zimmer, das sei das Schlafzimmer gewesen, erklärt Wolfgang Mayer und das daneben – und sie gehen gleich daneben – das Zimmer seiner Frau. Und Mama geht wieder in das andere Zimmer und dann wieder zurück und noch mal hin

und Nessy geht mit. Unterwegs hält sie die Pflaumenkerne in der Hand und wohin damit, das weiß sie nicht. Also steht sie da und schaut sich das Zimmer an, das ihres sein soll. Es ist klein, viel kleiner als das, das sie bei Christiane hat, und auch die Fenster sind nicht schräg, sondern ganz normal, hier könnte man jedenfalls kein Regentropfenrennen spielen, aber das hat Nessy ja ohnehin gewusst.

»Na?«, dreht Mama sich zu ihr. »Was meinst du?«

Nessy zuckt die Achseln, ein bisschen ist sie auch wütend, dass Mama sie so fragt, jetzt und vor Wolfgang Mayer, außerdem hängt bei Mama ein Stück Pflaumenschale zwischen den Vorderzähnen, das ist peinlich. Und Wolfgang Mayer – nun scheint er nicht mehr so schüchtern – redet weiter, von der Warmmiete und von der Kaltmiete ... und dann gehen sie runter, er will ihnen die Küche zeigen.

Die ist schön, die Küche. Mit einem großen, alten Holztisch in der Mitte und mit Regalen an der Wand, in denen Töpfe und Teller stehen. Einen Abfalleimer sieht Nessy hier nicht, das ist doof, denn die Pflaumenkerne werden langsam lästig und außerdem muss Nessy auch an den Jungen denken, der nicht da ist, und solange der nicht kommt, weiß sie überhaupt nicht, wie sie das Ganze finden soll.

»Falls Sie Ihren eigenen Kühlschrank mitnehmen möchten«, sagt Wolfgang Mayer. »Dann wäre das kein Problem, Platz ist ja da.«

»Och«, sagt Mama und lacht. »So weit hab ich noch gar nicht gedacht!«

Irgendwie lacht sie zu viel, findet Nessy, fährt sich durch die Haare, komisch benimmt sie sich. Und Wolfgang Mayer nickt eifrig und sieht wieder schüchtern aus, beinahe so, als möchte er sich entschuldigen. Natürlich sollten sie erst mal schauen, alles ganz unverbindlich! Sie können auch gerne allein nach oben gehen und sich die Zimmer in Ruhe ansehen. Vorerst gehen sie aber wieder in den Flur, Wolfgang Mayer zeigt ihnen das Bad und das Klo, vor einer geschlossenen Tür bleibt er stehen.

»Jans Zimmer zeige ich Ihnen nicht«, erklärt er. »Wenn er nicht da ist. Das wäre ihm nicht recht.«

Das findet Nessy wieder gut. Eltern, die die Kinderzimmer vorzeigen, wenn die Kinder nicht da sind, kann sie nicht leiden. Obwohl ... kurz mal reinschauen, das täte sie schon gerne. Bloß mal gucken, wie dieser Jan wohnt. Vielleicht sammelt er ausländische Bierdeckel.

»Dafür aber mein Zimmer«, erzählt Wolfgang Mayer. »Da hab ich gestern extra aufgeräumt. Und die Küche, die sieht natürlich auch nicht immer so aus wie heute. Wenn Jan und ich kochen ...«

»Ach!«, ruft Mama begeistert. »Sie kochen?«

»Nun, so gut wie Sie vermutlich nicht.«

Nessy schaut gespannt zu Mama und wartet, ob sie die Wahrheit sagt. Dass sie nicht mal einen ordentlichen Pfannkuchen schafft.

Tut sie aber nicht. Bloß dass sie raucht, verkündet sie.

»Auweia«, sagt Wolfgang Mayer und kratzt sich am Hinterkopf.
»Wäre das ... wäre das ein Problem?«
»Nun ja, solange Sie nur in ihrem Zimmer rauchen ...«
»Verstehe«, sagt Mama.
Wieso sagt sie immer »verstehe«? Nessy schämt sich für Mama. Die Pflaumenschale zwischen ihren Vorderzähnen ist nämlich immer noch da und überhaupt sollte Mama aufhören sich andauernd durch die Haare zu fahren, inzwischen sind die ganz zerzaust, was wird Wolfgang Mayer denn denken? Dass Mama keinen Kamm hat. Und über Nessy denkt er sicher, sie sei ein unhöfliches Kind, das nicht einmal danke sagt, wenn es süße Pflaumen bekommt. Die klebrigen Kerne hält Nessy nämlich immer noch in der Hand, langsam wird es richtig unangenehm. Am liebsten möchte Nessy auf der Stelle weg von hier.
Doch dann hören sie die Tür aufgehen.
»Ah, da ist er ja!«, ruft Wolfgang Mayer erleichtert.
Alle drei werden still, schauen zur Tür. Nessy hört ihr Herz, ihre Hand hält die klebrigen Pflaumenkerne umklammert. Und dann steht er da.
Es ist kein Raphael. Nein, dieser Junge hat nicht das Geringste mit Raphael gemeinsam. Es ist einer von den Viertklässlern, die Nessy und Maren geärgert haben. Derjenige, der das mit den blöden Petzen gesagt hat.
Nessy starrt ihn entsetzt an. Auch er starrt Nessy entsetzt an.

»Willst du nicht guten Tag sagen?«, fragt Wolfgang Mayer.
»Tag«, murmelt Jan.
Und gleich springt er erschrocken zurück um Nessy auszuweichen, die nämlich an ihm vorbei aus der Küche hinausrennt.

Alpha 1 ruft Alpha 2

Nessy will auswandern. Gleich morgen oder spätestens übermorgen. Am besten zum Nordpol oder wenigstens zu Oma Hildegard nach Bielefeld. Was anderes bleibt ihr wohl nicht übrig, wenn sie weit weg von ihrer Schule sein will! Und von der Möbiusstraße!

Weil alles so furchtbar ist seit gestern. Wo Nessy doch aus dem Haus geflüchtet und nach Hause gelaufen ist. So was Peinliches ist ihr noch nie im Leben passiert. Fast hätte sie geheult, als sie alleine nach Hause rannte. Vor Schreck und Enttäuschung. Hat sie doch beinahe angefangen das Haus schön zu finden! Und den Wolfgang Mayer hat sie auch beinahe nett gefunden!

Und dann ... ausgerechnet *der!* Warum hat Mama am Telefon bloß nicht gleich nach der Schule gefragt? Dann wären sie ja gar nicht erst hingegangen.

Das sagte Nessy Mama auch, als die bald danach zu Hause eintraf. Mama war aber auch sauer. So eine Aufregung, sagte sie, der Vater habe natürlich überhaupt nichts verstanden und sie selber auch nicht! Erst als der Junge erklärt habe, dass sie sich aus der Schule kennen und dabei ganz verlegen aussah, sei Mama der Ärger mit dem Trödler eingefallen. Aber weil der Junge selber nichts weiter sagte, habe auch sie den Mund gehalten, außerdem sei sie sich ja nicht sicher gewesen –«

»Jetzt bist du aber sicher!«, rief Nessy.

»War er das denn wirklich? Hat *er* euch gedroht?«

»Ja!«, rief Nessy. »Nein! Aber er hat gesagt, dass ich eine blöde Petze bin! Und dass ich mir gleich ins Hemd mache!«

»Ach, *das* hat er gesagt«, sagte Mama und sah beinahe erleichtert aus. Sie habe mit dem Jungen weiter nicht mehr gesprochen, erzählte sie, denn danach sei er in sein Zimmer gegangen und nicht mehr rausgekommen.

Na, das überraschte Nessy auch nicht! Feige, wie der war! Mama meinte trotzdem, Nessy habe sich unmöglich benommen. Mehr sagte sie nicht, denn danach war Christiane nach Hause gekommen und Mama berichtete ihr alles. Und dann musste Mama schon in die Schule gehen. Nessy verkroch sich in ihr Zimmer. Mit Christiane wollte sie nicht darüber reden, auf die hatte sie jetzt eine noch größere Wut. Eigentlich war es ja ihre Schuld, dass alles so schrecklich gekommen war! Sie und Randolf, sie haben ihnen ja die blöde Adresse gegeben.

Nessy rief lieber Maren an. Maren konnte es nicht fassen. Und sie fand auch, dass es für Nessy jetzt furchtbar peinlich ist. Wo sie den ja in der Schule trifft! Hoffentlich würde er Nessy jetzt nicht drohen? Dass er sie kaltmachen würde, wenn sie bei ihnen einzieht?«

»Will ich doch gar nicht!«, rief Nessy.

»Und deine Mutter?«

»Die auch nicht«, sagte Nessy.

Doch heute Morgen, bevor sie in die Schule geht, will sie es trotzdem noch von Mama hören. Mama ist aber nicht nach Reden zumute. Sie hat wahnsinniges Kopfweh. Und außerdem, erklärt sie, haben sie keine Eile, so schnell würde sie mit Wolfgang Mayer ja sowieso nicht telefonieren.

»Telefonieren?« Nessy ist verblüfft. »Wieso denn das?«

»Na, sprechen werden wir uns auf jeden Fall noch einmal«, sagt Mama. »Das ist wohl das Mindeste.«

Na gut, denkt Nessy, na gut. Anrufen und absagen und

fertig. Es geht nicht, wird Mama sagen. Wo sich die Kinder ja nicht leiden können. Da gäbe es nur Stress. Und den wollen Nessy und Mama ja nicht. Sie wollen ihre Ruhe haben. Die hat Nessy jetzt, wenn sie in die Schule geht, ohnehin nicht.

Ob der Blödmann es den anderen erzählt hat? Stellt euch mal vor, die blöde Petze ist bei uns aufgekreuzt! Mit ihrer Alten! Die wollten bei uns einziehen! Und Sönke und Franco Zambuto verdrehen die Augen und rufen nein, Hilfe! Und wenn Jan Mayer ihnen noch erzählt, wie Nessy Hals über Kopf davongerannt ist, lachen sie sich tot. Und erst recht, wenn sie Nessy auf dem Schulweg sehen. Und auf dem Pausenhof. Bei der Vorstellung zieht Nessys Magen sich nervös zusammen.

Ein Glück, dass Maren da ist. Sie will Nessy beistehen, deswegen wartet sie heute sogar schon vor Nessys Haus – mit zwei Walkie-Talkies! Die hat sie sich extra bei ihrem Bruder ausgeliehen. Mit einem will sie jetzt vorauslaufen und Nessy warnen, wenn die aus der Vierten im Anmarsch sind. Ja, Maren ist wirklich die beste Freundin! Nessys Walkie-Talkie funktioniert aber schlecht, es rauscht und knistert furchtbar.

»Alpha eins!«, hört sie jetzt Marens Stimme, die am anderen Straßenende steht, doch ihre Stimme ist in dem Gerausche kaum zu hören. »Bitte kommen!«

»Ja, Alpha eins?«, wispert Nessy in ihr Gerät. »Ja?«

»Nein!«, ruft Maren. »*Du* bist Alpha eins! Ich bin Alpha zwei! *Over!*«

»Okay! Alpha zwei!«
»Nicht *okay!*«, ruft Maren. »*Roger* heißt das!«
»Mann, ist doch egal!«, zischt Nessy und schaut sich unruhig um. Und überhaupt, warum muss Maren so reinschreien? Nessy fällt gleich das Ohr ab!
»Ey!«, hört sie dann hinter sich. »Spielt ihr Agenten oder was?«
Oh nein, Bastian Biemer, auch das noch!
»Nein«, sagt Nessy nervös. »Nur so, aus Spaß halt!«
Schnell steckt sie das Walkie-Talkie in die Tasche und wartet, bis Bastian Biemer weggeht. Doch er geht nicht weg. Er will das Walkie-Talkie sehen.
»Nein!«, sagt Nessy und geht schneller. »Er ist eh kaputt!«
»Kaputt?«, fragt Bastian Biemer interessiert. »Was ist denn kaputt?«
Nessy gibt keine Antwort und geht noch schneller, aber Bastian Biemer drängt weiter. »Bestimmt hat es einen Wackelkontakt!«, sagt er. »Lass mal sehen!«
Und dann rauscht es in Nessys Tasche und Maren schreit aufgeregt, aber was, das kann Nessy nicht verstehen, weil Bastian Biemer immer noch neben ihr hergeht und dazwischenredet und sagt, er könne jedes elektrische Ding reparieren und Walkie-Talkies ganz besonders gut, und dabei kommen sie an die Ecke – und da steht Maren und fuchtelt aufgeregt mit den Händen herum und zeigt nach vorne. Aber da sieht Nessy die Viertklässler schon selber, einen ganzen Haufen.

Sönke ist dabei, Franco Zambuto und auch *er*. Sönke und Franco Zambuto haben zu Nessy bloß einen flüchtigen, uninteressierten Blick geworfen. Auch Jan Mayer blickt sie an, sein Gesicht sieht aber gar nicht höhnisch oder böse aus ... eher ängstlich. Und gleich schaut er wieder weg.

Das bedeutet ... er hat es den anderen nicht erzählt! Sonst hätten die ja blöd gegrölt, als sie Nessy gesehen haben. Bestimmt wäre es auch für ihn furchtbar peinlich gewesen. Nessy ist erleichtert. So erleichtert, dass sie Bastian Biemer den Walkie-Talkie zeigt und ihn daran herumfummeln lässt. Bis Maren kommt und ihm das Ding wegnimmt, dann haut er endlich ab.

»Bestimmt musste er seinem Vater vom Trödler erzählen«, sagt Maren und sieht den Viertklässlern nach.

»Tja«, sagt Nessy. »Selber schuld.«

»Garantiert hat sein Vater mit ihm geschimpft«, meint Maren.

»Ja und?«, sagt Nessy gereizt. »Was geht mich das an?«

»Ich mein ja nur«, sagt Maren schnell.

Nessy gefällt es aber nicht. Was soll das? Sieht Maren doch fast aus, als würde ihr der Affe noch Leid tun!

»Du kannst ja selber einziehen!«, ruft Nessy.

»Was??«

»Ja, zieh doch selber ein!!«, platzt Nessy los. »Oder bei Franco Zambuto! Damit ihr endlich knutschen könnt!«

»Du spinnst ja«, sagt Maren und wird rot. Ha, Volltreffer! Maren ist sogar beleidigt. Plötzlich geht sie alleine wei-

ter, immer schneller. Auch über die Straße läuft sie einfach rüber, trifft dort mit Annelene und anderen Mädchen zusammen ohne sich noch einmal nach Nessy umzudrehen. Einfach so, als gäbe es Nessy nicht!
Gibt's denn so was? Jetzt spielt sie auch noch die beleidigte Leberwurst! Wo Nessy doch nur die Wahrheit gesagt hat! Ja, Maren hat sich bei Annelene angesteckt, da sieht man es ganz genau. Denkt jetzt auch nur noch an Jungs und an Sex. Na, soll sie doch. Nessy jedenfalls nimmt das nicht zurück. Überhaupt tut sie nichts mehr für Maren!
Auch nicht in der ersten Stunde, wo sie Deutsch haben und mit Frau Göbel die vier Fälle wiederholen, nächste Woche schreiben sie doch den Grammatik-Test. *Der Specht frisst der Buche das Ungeziefer weg. Wem frisst er das Ungeziefer weg? Der Buche.* Dritter Fall. Ist doch ganz einfach.
Maren aber weiß es nicht, sie kennt sich mit den vier Fällen immer noch nicht aus, schielt, als Frau Göbel sie rannimmt und auf die Antwort wartet, aus den Augenwinkeln ratlos zu Nessy rüber ... aha, jetzt kennt sie Nessy wieder!
Doch Nessy sitzt nur da und lässt Maren schwitzen. Das hat Maren jetzt davon. Und Frau Göbel sagt, Maren müsse im Unterricht wirklich mehr mitmachen, sonst käme sie nicht weiter. Maren nickt und starrt mit gesenktem Kopf auf den Tisch und als Nessy zu ihr linst, sieht sie, wie Marens Unterlippe zittert.

Oh nein! Dass Maren auch gleich flennen muss! Ist doch nicht Nessys Schuld! Außerdem hat Maren angefangen, nicht Nessy. Ist zu Annelene rübergelaufen. Mit der versteht sie sich wohl besser als mit Nessy. Und das mit Franco Zambuto war doch nur Spaß ...

»He!«, flüstert Nessy und gibt Maren einen kleinen Stups. »He!«

Maren reagiert nicht, auf den Tisch fällt eine Träne.

»Mann!«, flüstert Nessy. »Das bringt's doch nicht, Vorsagen! Das musst du *lernen!*«

Maren schweigt.

»Okay, wir machen Geheimzeichen!«, flüstert Nessy. »Beim Grammatik-Test! Hab ich dir noch nichts davon erzählt?«

Maren schüttelt den Kopf und schnieft.

»Hab ich mir schon alles ausgedacht!«, flüstert Nessy eifrig. Das stimmt zwar nicht, aber jetzt, wo Nessy sich mit Maren wieder vertragen will, fällt es ihr von alleine ein. »Wenn es der erste Fall ist, huste ich einmal! Beim zweiten Fall zweimal! Und beim dritten räuspere ich mich!«

»Und beim vierten?«, fragt Maren.

»Da niese ich«, sagt Nessy.

Aber da ruft Frau Göbel schon, sie sollen endlich aufhören zu quatschen, sonst würden sie auseinander gesetzt. Doch da atmen Nessy und Maren schon auf, der Streit ist vorbei. Na, höchste Zeit. Wo Maren doch ihre beste Freundin ist. Die allerbeste.

Maren hat allerhand drauf

Am Freitag geht Nessy gerne in die Schule. Für den Schulweg braucht sie jetzt kein Walkie-Talkie mehr – wo Jan Mayer es doch den anderen nicht erzählt hat. Sowieso goss es gestern in Strömen, da sind sie in den großen Pausen gar nicht auf den Hof gegangen. Und heute regnet es auch und Nessy braucht Jan Mayer überhaupt nicht zu begegnen.

Und es gibt noch etwas Gutes! Heute Mittag fährt Maren übers Wochenende nach Hannover – und Nessy wird Elvira, ihre Ratte, in Pflege nehmen. Das macht Nessy sehr gerne. Elvira ist ja ganz zahm und süß. Jetzt braucht Nessy nur noch Mama zu fragen, ob sie einverstanden ist, das hat sie bisher leider vergessen. Gleich werden nämlich Maren und ihre Mutter mit dem Käfig vorbeikommen und es wäre wirklich dumm, wenn Mama vorher nichts wüsste.

Und zum Glück ist Mama heute ebenfalls ganz gut gelaunt – zum Mittagessen hat sie eine Pizza gekauft, und zwar *Pizza Hawaii,* Nessys Lieblingspizza! Doch dann, gerade als sie die ersten Happen im Mund haben, sagt Mama etwas Unglaubliches.

Sie würde gerne noch einmal hingehen, sagt sie. In die Möbiusstraße. Weil das Haus so toll sei und die Miete so anständig. Und vielleicht sei der Junge doch nicht so blöde, wie Nessy denke, sein Vater meine jedenfalls –

»Habt ihr telefoniert?«, fragt Nessy verblüfft und hört auf zu kauen.

»Wolfgang Mayer hat mich heute Vormittag auf der Arbeit angerufen«, sagt Mama. »Wollte wissen, wie es dir geht. Ist doch nett, oder? Jetzt weiß er nämlich, warum ihr euch so entsetzt angestarrt habt. Sein Sohn hat ihm alles von dem kleinen Zwischenfall erzählt ...«

Kleiner Zwischenfall! Nessy legt empört ihre Gabel ab. Vor ein paar Tagen, als Nessy Mama von dem Ärger mit dem Trödler erzählt hatte, wollte sie beinahe in die Schule gehen und sich bei Herrn Tessloff beschweren!

»Übrigens, weißt du, was er macht, der Vater?«, fragt Mama.

Nein, weiß Nessy nicht. Will sie auch nicht wissen!

»Er ist Chemiker«, erklärt Mama trotzdem und in ihrer Stimme schwingt ein bisschen Bewunderung mit.

»Na und?«, sagt Nessy und stochert mit der Gabel in der Pizza herum, fischt einzelne Ananasstücke heraus. Chemiker. Bestimmt einer, der irgendwelche Gifte zusammenbraut und sie in Würstchen spritzt, damit die lange halten!

Auch Mama hat es nicht eilig mit ihrer Pizza. Schneidet sie in kleine Quadrate, die Quadrate in Dreiecke ...

»Und dann hat er uns eingeladen. Morgen zum Frühstück«, sagt sie.

Nessy bleibt die Spucke weg.

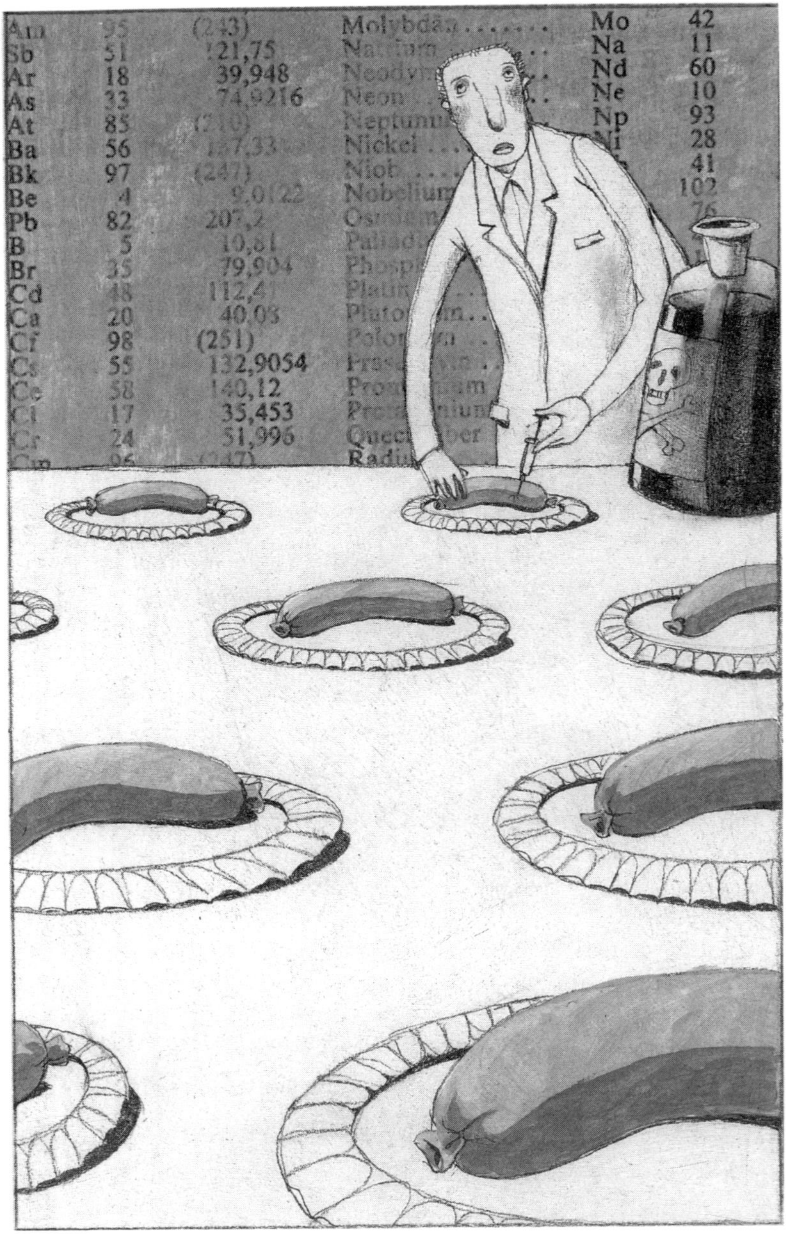

Sb 51 121,75
Ar 18 39,948
As 33 74,9216
At 85
Ba 56
Bk 97 (247)
Be 4
Pb 82 207,2
B 5 10,81
Br 35 79,904
Cd 48 112,41
Ca 20 40,08
Cf 98 (251)
Cs 55 132,9054
Ce 58 140,12
Cl 17 35,453
Cr 24 51,996
Molybdän
Nickel
Nobelium
Mo 42
Na 11
Nd 60
Ne 10
Np 93
Ni 28

»Der Junge wird auch da sein«, sagt Mama aufgeräumt.
»Ich geh nicht hin«, sagt Nessy und schiebt den Teller von sich fort. Nun ist ihr der ganze Appetit vergangen. Ja, und übrigens, sagt Mama, habe Wolfgang Mayer Nessy sympathisch gefunden.
»Pah«, sagt Nessy. Sympathisch! Das ist doch gelogen! Wie konnte Wolfgang Mayer sie sympathisch finden? Sie hat doch gar nichts gesagt, nicht mal danke für die Pflaumen. Und dann ist sie auch noch abgehauen!
»Nessykind«, sagt Mama. »Sei doch vernünftig –«
»Ich geh nicht hin!«, schreit Nessy und springt vom Tisch auf. »Ich geh nicht hin, ich geh nicht hin!«
»Na gut«, sagt Mama. »Reden wir nicht mehr darüber! Wir reden erst, wenn du dich beruhigt hast!«
Und dann läutet es an der Tür. Oh nein, jetzt kommt schon Maren mit ihrer Mutter und mit Elvira!
»Was?«, ruft Mama verdutzt, als Nessy es ihr jetzt schnell sagt. »Aber du hast mich doch gar nicht gefragt!«
»Und du?«, sagt Nessy und ihre Stimme wird ganz dünn. »Du hast mich auch nicht gefragt wegen dem Frühstück!«
Aber da läutet es schon ein zweites Mal und Nessy muss nun wirklich aufmachen. Und als Maren und ihre Mutter mit dem Käfig reinkommen und Marens Mutter sagt, hoffentlich mache es mit Elvira wirklich keine Umstände, nickt Mama nervös und sagt, nun ja, Nessy habe ihr zwar erst gerade Bescheid gesagt, aber es mache keine Umstände, nein, wirklich nicht ... Und Marens

Mutter ruft, um Gottes willen, das sei ihr jetzt aber unangenehm.
»Aber nein! Kein Problem!«, sagt Mama ungeduldig, jetzt schon etwas freundlicher, und dann redet sie mit Marens Mutter, während Nessy und Maren den Käfig in Nessys Zimmer tragen.
Nessy hat Elvira aus dem Käfig genommen und lässt sie den Arm hinaufklettern, bis auf die Schulter, dort schnüffelt Elvira an Nessys Hals herum, warm und kitzelig. Und Nessy erzählt Maren, was los ist. Maren ist entsetzt.
»Und was machst du jetzt?«, fragt sie mit weit aufgerissenen Augen.
»Ich?«, sagt Nessy. »Gar nichts!«
»Und wenn deine Mutter alleine hingeht?«
»Na, dann soll sie doch!«
»Und wenn sie zusagt?«, fragt Maren.
»Tut sie nicht«, sagt Nessy.
»Bist du sicher?«
»Natürlich!«, ruft Nessy. »Was fragst du so doof?«
»Na ja«, sagt Maren nachdenklich. »Ich mein ja nur. Die Scheidung hat sie doch auch ohne dich entschieden. Da warst du schließlich auch nicht dafür.«
»Die Scheidung!«, ruft Nessy. »Das ist was anderes!«
Natürlich war Nessy nicht dafür! Hat damals sogar jeden Abend den lieben Gott um Hilfe gebeten. Aber dann, eines Tages, kam sie nach Hause und alles war gepackt. Aber da war Nessy noch klein! Jetzt ist sie groß und sie und Mama tun nur, was sie gemeinsam beschlossen haben!

»Aber was soll's«, sagt Maren versöhnlich. »Wenn du nicht mitkommst, dann sehen sie ja, dass du dagegen bist. Bloß der Affe lacht sich ins Fäustchen.«
»Was?«
»Na, dass du dich nicht hintraust! Zweimal bist du ja schon vor ihm abgehauen, oder?«
Nessy hat Elvira vom Hals runtergenommen und setzt sie wieder auf die Hand und Elvira begibt sich auf die nächste Klettertour. Immer will Elvira oben auf der Schulter sitzen. Zweimal abgehauen! Na, und wenn schon. Er sieht doch auch nicht gerade aus, als würde es ihm Freude machen, Nessy zu sehen. Hat er gestern nicht so ängstlich geguckt?
»Natürlich trau ich mich hin«, sagt Nessy. »Aber was sollte ich da? Rumsitzen und nett sein oder was?«
»Nett?«, sagt Maren. »Wieso nett?«
»Maren!«, ruft aus der Diele Marens Mutter. »Wir müssen los!«
»Denk bloß an meinen Bruder!«, flüstert Maren. »Den würde doch auch keiner in die WG nehmen, oder?«
Marens großer Bruder ... na ja, der ist wirklich komisch. Läuft mit offenen Sportschuhen und einer Halbmasthose rum, die an den Knien große Löcher hat, sodass beide Knie herausschauen. Trägt Rastalocken, so lange, verknotete Zöpfe, und einen Nasenring ... Und laut rülpsen tut er auch. Aber so etwas kann Nessy doch nicht!
»Ist reine Übungssache«, meint Maren. Und dann holt sie tief Luft und zeigt, wie das geht. Sie kann es fast ge-

nauso gut wie ihr Bruder! Oh, diese Maren! In der Schule ist sie vielleicht keine Leuchte – aber so im praktischen Leben, da hat sie allerhand drauf. Mehr als man denkt!

»Maren!«, ruft Marens Mutter. »Kommst du jetzt?«

Nun muss Maren aber wirklich gehen. Als beide weg sind, setzt Nessy Elvira wieder von der Schulter ab und versucht zu rülpsen. Bloß so, aus Neugier.

Geht aber nicht. Nur so kleine Hickser kommen heraus. Und sowieso ist Nessy sich nicht so sicher, dass man Marens Bruder in keine WG nehmen würde.

Löchrige Hose und Rastalocken findet sie gar nicht übel. Und in den WGs, die sie und Mama schon besichtigt haben, sahen manche Leute ja auch ganz schön ausgeflippt aus. Und dann ist Mama wieder da, sie bleibt an der Türschwelle stehen, ihre Augen sind ganz schmal vor Zorn.

»Nur, damit das klar ist!«, sagt sie. »Ich versuche immer, fair zu dir zu sein! Auch jetzt habe ich nicht nein gesagt, obwohl das eine starke Nummer von dir war mit Elvira, eine wirklich starke Nummer!«

»Ich wollte dich ja fragen!«, ruft Nessy. »Aber du redest dauernd von dem blöden Haus –«

»Ja, und da gehen wir morgen auch hin!«

»Aber ich will mit dem nicht zusammenwohnen!«

»Herrgottnochmal, du kennst ihn doch gar nicht! Deswegen gehen wir hin, damit ihr euch überhaupt kennen lernt! Und ich selber ... ich muss mir doch auch ein Bild machen von ... von allem! Das konnte ich doch beim ersten Mal gar nicht, da war ja alles so hektisch!«

Nessy sagt keinen Ton mehr, starrt Mama nur verblüfft an.
Eigentlich hat sie sich das ja schon bei der Besichtigung gedacht. Wo Mama doch den Wolfgang Mayer dauernd so zuckersüß angeschaut hat, das hat Nessy ja genau gesehen, wie Mama sich dauernd durchs Haar gefahren ist und den blöd angegrinst hat. Mama will da wohnen, bei Wolfgang Mayer, dem Chemiker mit den Riesenlatschen, jetzt ist Nessy sich ganz sicher.

Alles schön schmutzig

Als Nessy am Samstag aufwacht, fällt ihr erster Blick wie immer aufs Fenster. Nachts muss es wieder geregnet haben, einige Regentropfen sind noch auf der Fensterscheibe übrig geblieben und glänzen in der Morgensonne. So, als würden sie Rast machen. Kurt Rübe liegt neben dem Kissen, sein Bauch sieht bei hellem Licht noch schmuddeliger aus als sonst. Irgendwie riecht er auch komisch, ganz anders als sonst, so ... rattig. Nein, das ist nicht Kurt Rübe, es ist Elvira!

Sie läuft schon munter im Käfig herum, zwei winzige Knopfaugen blicken neugierig zu Nessy auf. Nessy nimmt Elvira heraus und schmust mit ihr. Das Mit-Ratten-Schmusen findet Mama nicht gut. Weil Ratten ja Infektionen übertragen können, sagt sie. Aber sie hat keine Ahnung. Elvira ist eine saubere und ordentliche Ratte. Bestimmt ordentlicher als Jan Mayer!

Jan Mayer ... den wird Nessy ja heute sehen. Um zehn Uhr. Und Jan Mayer wird Nessy sehen. Wahrscheinlich fällt er in Ohnmacht, wenn er sie sieht. Damit hat er nämlich nicht gerechnet, dass Nessy sich das traut!

Nessy setzt Elvira zurück in den Käfig und betrachtet sich im Spiegel.

Noch sieht man ihr nichts an. Noch sieht sie aus wie eine

normale Nessy. So geht sie auch in die Küche, wo Mama schon angezogen sitzt und nur ein klein bisschen von ihrem Morgenkaffee trinkt, bloß zum Wachwerden. Wo sie doch bei Wolfgang Mayer frühstücken wollen. Dafür hat Mama sich sogar fein gemacht, hat nicht Jeans und Hemd, sondern ihren besten Pulli und die helle Leinenhose angezogen. Sie sieht richtig schick aus. Sie lächelt Nessy lieb an.

»Ist Christiane nicht da?«, fragt Nessy.

»Nein. Die ist bei Randolf. Aber sie hat angerufen, grad eben. Nur um zu sagen, dass wir uns bloß keinen Druck machen sollen.«

»Diese Heuchlerin«, sagt Nessy.

»Nessy. Jetzt bist du aber ungerecht.«

»Gar nicht«, sagt Nessy, macht den Kühlschrank auf und holt sich Milch. Und dann noch Kakaopulver aus dem Schrank.

»Heh!«, ruft Mama. »Jetzt gibt's kein Essen, frühstücken werden wir doch dort!«

»Ich hab aber Hunger«, sagt Nessy und schüttet ordentlich Kakaopulver in die Tasse. Dann gießt sie Milch hinein und stellt die Kakaotasse in die Mikrowelle.

»Nessy, bitte«, sagt Mama. »Fang nicht schon wieder an.«

Und dann sagt sie noch, jetzt ganz lieb, sie wollen doch nicht wieder streiten, vielmehr solle Nessy sich jetzt anziehen. Sie selber will noch schnell mal runter zur Bäckerei gehen, einen kleinen Kuchen holen. Damit sie

was zum Frühstück mitbringen. Dabei kommt sie zu Nessy und nimmt sie in die Arme, da erst riecht Nessy, dass Mama heute Parfüm aufgetragen hat. Das gute französische, von dem Nessy selber nie was nehmen darf, höchstens einen Tropfen.
»Jetzt hör doch auf so verbiestert dreinzuschauen«, sagt Mama und drückt ihr einen Kuss auf die Backe. »Ich will von dir ja nichts anderes, als dass du mitkommst und dir alles noch einmal ansiehst! So wie ich es auch tue!«
Nessy antwortet nicht, trägt den Kakao in ihr Zimmer. An der Tür dreht sie sich noch um. »Aber unser Vertrag gilt!«
»Ja doch. Wie oft soll ich es noch sagen?«
»Ehrenwort?«
»Ehrenwort!«
Na gut, das reicht Nessy. Der Vertrag gilt und Mamas Ehrenwort auch. Mehr braucht Nessy nicht. Mama geht den Kuchen holen und sie kann sich in Ruhe anziehen. Die Stretchhose und das Kapuzenshirt zieht sie natürlich nicht an. Auch das blaue Kleid von Papa nicht. Die sind alle zu schön. Nessy braucht was ganz anderes. Eine Halbmasthose wie Marens Bruder hat sie zwar nicht, aber ihre alte Schlabberhose, die sie zuletzt zum Zimmer-Tapezieren angezogen hatte, ist schön dreckig. Dann geht Nessy in Mamas Zimmer, wo im Schrank die Sachen für die Altkleidersammlung liegen, und holt da ihr altes, verblichenes Sweatshirt heraus. Das haben sie schon längst ausgemustert. Und wenn man noch ein bisschen Kakao drauftropfen lässt, schön vorne auf die

Brust, ist es genau richtig. Und bestimmt ist Wolfgang Mayer einer, der ordentliche Kinder mag! Saubere. Chemiker mögen keinen Schmutz. Das sind ja die größten

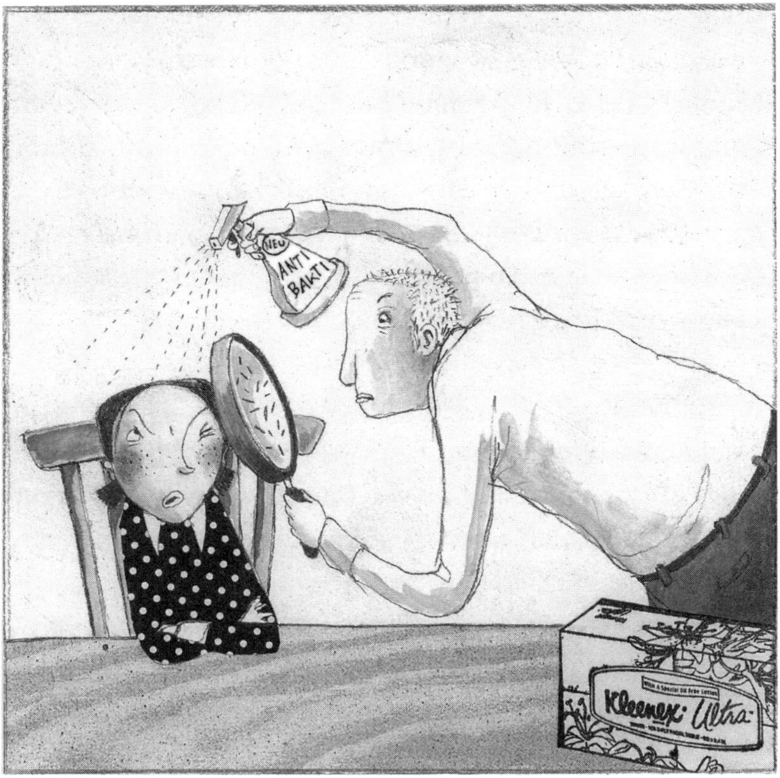

Schmutzfeinde überhaupt! Immerzu sind sie gefährlichen Bakterien auf der Spur. Dabei machen sie auch diejenigen kaputt, die ganz nützlich sind, und verpesten die Umwelt. Sagt Christiane immer. Ob Mama überhaupt weiß, bei wem sie da einziehen will?

Im Bad tut Nessy gar nichts. Nicht mal die Zähne putzen. Und wenn sie auch Mundgeruch hat, ist ihr das nur recht. Rastalocken kann sie leider nicht herzaubern, aber die Haare zottelig machen, das kann sie schon. Wenn man dazu Christianes Haarfestiger nimmt, einen ganzen Batzen, geht es sicher prima.
Maren hatte ja Recht. Nett braucht Nessy nun wirklich nicht zu sein. Wozu auch? Sie will ja nicht, dass dieser Wolfgang Mayer sie nett findet. Und der Affe, der schon gar nicht. Vor allem soll er sich nicht ins Fäustchen lachen, dass Nessy sich nicht mehr hintraut.
Und das Wichtigste – mit Mama hat sie ja gestern einen Handel abgeschlossen. Nessy wollte ihn sogar schriftlich machen, aber Mama sagte, mündlich gilt auch. Wenn Nessy mitkommt zum Frühstück, sagte sie, sich alles noch einmal anschaut – den Vater und auch den Sohn und das Haus und alles – und dann trotzdem nicht will, dann lassen sie das.
»Endgültig«, sagte Nessy.
»Ja«, sagte Mama. »Unwiderruflich!«
Unwiderruflich gefiel Nessy. Das klang richtig amtlich.
Nach einer Weile kommt Mama wieder. Sie hat einen Marzipankuchen gekauft, nun sollten sie sich langsam auf den Weg machen. Doch als Nessy aus dem Badezimmer rauskommt, will Mama sich plötzlich nicht mehr auf den Weg machen. Erst, wenn Nessy sich umzieht.
»Warum?«, fragt Nessy. »Man soll doch aussehen, wie man ist.«

»Und du willst unbedingt zeigen, dass du unausstehlich bist? Zieh dich um, bitte.«
»Nein.«
»Doch!«, sagt Mama und diesmal sieht sie richtig streng aus. »Sonst gilt unsere Abmachung nicht.«
»Gilt sie wohl! Du hast mir dein Ehrenwort gegeben!«
»Ja. Aber wenn du jetzt schon Stress machst, nehme ich es zurück.«
Na gut, dann zieht Nessy sich eben um. Zeit hat sie ja genug, schließlich ist es ihr völlig egal, ob sie zu spät kommen oder nicht. Mal sehen, wer hier als Erster nervös wird.
»Und die Haare kannst du dir auch gleich kämmen!«, ruft Mama ihr noch nach, aber das wird Nessy ganz bestimmt nicht tun. Zuerst muss sie ja was zum Umziehen finden. Ganz langsam durchstöbert Nessy ihren Schrank. Unausstehlich ... ja, natürlich will sie unausstehlich sein! Damit Wolfgang Mayer gleich sieht, was er sich da ins Haus holen will. Ein schmutziges Kind, ein schlampiges. Eins, das nach dem Baden die Badewanne garantiert nicht sauber macht. Und Haare lässt es auch drin, massenhaft!
»Nessy!«, ruft Mama. »Beeil dich!«
Na bitte. Jetzt ist Mama schon nervös, das ging ja schneller, als Nessy dachte.
Sie hat sich eine andere Hose und ein anderes Sweatshirt ausgesucht. Die Hose ist zwar nicht fleckig, aber schön ist sie auch nicht. Und das Sweatshirt mit dem

Känguru drauf hat Nessy vor langer Zeit von Papa bekommen, das ist schon ganz ausgeleiert, die Ärmel vor allem, die sind am Rand ziemlich ausgefranst. Weil Nessy es so gerne getragen hat. Deswegen hat sie Mama ja auch nicht erlaubt es zu den Altkleidern zu geben. Jetzt passt es hervorragend. Mit diesem Sweatshirt kommt es Nessy ein bisschen so vor, als würde Papa ihr helfen. Ach Papa ... wenn der wüsste! Den sieht Nessy erst am nächsten Samstag, da wird sie ihm alles erzählen ...
»Nessy! Bist du so weit?«
Nessy geht zu Elviras Käfig. Jetzt wird es gefährlich.
Wenn Mama Elvira schon jetzt sieht, dann muss Nessy sie hier zurücklassen. Aber daran hat Nessy schon gedacht. Deswegen braucht sie das Sweatshirt. Vorsichtig steckt sie jetzt Elvira drunter. Unter den Ärmel. So trägt auch Maren Elvira oft, einmal hat sie sie sogar in die Schule mitgenommen, als Frau Göbel ihnen erlaubt hatte ihre Haustiere mitzubringen.
Das Sweatshirt stopft Nessy sich in die Hose. Damit Elvira unten nicht herauskommt. Am Hals schafft sie's bestimmt nicht, der Ausschnitt ist ja eng. Am Handgelenk aber hält Nessy den Ärmel zu, damit Elvira nicht gleich wieder hinausspaziert.
Auch jetzt blickt Mama Nessy unzufrieden an. Sie weiß natürlich, was für ein Sweatshirt das ist. Diesmal meckert sie aber nicht, seufzt nur und schüttelt den Kopf. Will nicht wieder streiten. Sie freut sich ja auf das Frühstück, das sieht man ihr an.

Auch Wolfgang Mayer freut sich sicher.
Sogar sein Sohn, der Jan Mayer. Der denkt ja, Nessy traut sich nicht hin.
Aber da haben sie sich geschnitten. Alle.

Die Überraschung

Mit einer Ratte unterm Sweatshirt ist Nessy noch nie spazieren gegangen. Und es ist auch schwieriger, als sie dachte, denn Elvira wandert überall herum, ein Glück, dass Nessy noch ein T-Shirt darunter hat, sonst würde es fürchterlich kitzeln und kratzen. Am liebsten würde Elvira wohl hinaufklettern auf Nessys Schulter, aber das geht jetzt nicht, dann würde Mama sich aufregen und Nessy sofort wieder zurückschicken.
Ein bisschen hat Nessy sogar ein schlechtes Gewissen. Noch nie hat sie so was gemacht! So was Heimliches. Aber Mama war doch auch heimlich! Hat sie den Besuch nicht ohne Nessy ausgemacht? Und dabei wusste sie doch genau, dass Nessy nicht hin will! Also. Das hat sie jetzt davon.
Sicherheitshalber geht Nessy aber einen Schritt hinter Mama her, sie soll ja nicht merken, wie sie immer wieder nach Elvira schnappt, die nämlich ganz schön unruhig ist ... schon wieder will sie nach oben! Nessy versperrt ihr den Weg. Sie soll es nur bis zu Wolfgang Mayer aushalten. Dann erst wird Nessy sie rausholen und sich auf die Schulter setzen.
Gibt es etwas Unhöflicheres, als mit einer Ratte zum Frühstück zu erscheinen? Wohl kaum. Auch wenn man

sich vor Ratten nicht fürchtet wie Mama, nett ist es kein bisschen. Und ohnehin ist Wolfgang Mayer einer, der Ratten nichts Gutes will. Sicher mischt er Gifte gegen sie, als Chemiker. Tierquäler!
Diesmal kommt er gleich, als Mama geläutet hat, beinahe sieht es aus, als hätte er schon an der Tür gewartet.
»Hallo Vanessa«, grüßt er Nessy und will ihr die Hand reichen, doch Nessy nickt nur, die Hand reichen kann sie ihm nicht, die hält sie ja gegen den Bauch gepresst, genauso wie die andere. Wegen Elvira.
»Tach ...«, murmelt sie bloß. So, wie es auch Marens großer Bruder sagen würde. Der tut ja auch immer, als wären die Erwachsenen ihm eine Qual. Doch Wolfgang Mayer schaut sie trotzdem freundlich an. Dass Nessy ein schmutziges Schlabbershirt anhat und ihre Haare richtig hexig aussehen, scheint ihn nicht zu stören.
Nun sollte Nessy Elvira rausholen. Und ganz lässig auf die Schulter setzen. Oder erst drinnen? Wenn sie am Frühstückstisch sitzen? Ja, das ist vielleicht noch besser. Sowieso gehen Wolfgang Mayer und Mama bereits ins Haus hinein, da geht Nessy mit.
Und dann kommt auch er. Nessy wird ganz steif. Jan Mayer aber auch. Zu Mama murmelt er bloß »Tag« und Mama sagt freundlich – richtig freundlich, als wäre der kein Feind von Nessy! – »hallo« und gibt ihm die Hand. Und danach gehen sie alle in die Küche.
Das Küchenfenster ist offen, warme Sonne scheint herein, der alte Holztisch ist schön gedeckt. Tassen und

Teller stehen darauf, ein Brotkorb mit Brötchen und auch massenhaft gute Sachen, Joghurtbecher und Müsli und Wurst und Käse und Marmelade und dazwischen, auf dem ganzen Tisch, sind bunte Smarties gestreut. So was Tolles! Nessys Herz hüpft beinahe vor Freude, so schön sieht das aus, aber dann schaut sie lieber wieder weg. Zum Schlemmen ist sie ja nun wirklich nicht gekommen. Und Mama lobt den Frühstückstisch ja sowieso schon, ganz toll, sagt sie und gibt Wolfgang Mayer den Kuchen und Wolfgang Mayer sagt, was Erwachsene immer sagen, wäre doch nicht nötig gewesen und so Sachen, und Mama lächelt und meint, was Erwachsene immer meinen, irgendwas wollte sie ja mitbringen und es sei doch bloß eine Kleinigkeit und bla, bla.

Nur Jan Mayer steht ziemlich linkisch herum und schweigt und Nessy auch, sie ist ja mit Elvira beschäftigt. Nessy lockert den Ärmel ihres Sweatshirts. Jetzt, wo alle sich hingesetzt haben, darf Elvira rauskommen.

»Kakao?«, fragt Wolfgang Mayer.

»Was?«, sagt Nessy.

»Ob du Kakao möchtest. Oder lieber Tee?«

»Nee«, sagt Nessy und natürlich müsste es nein danke heißen, aber das danke hat sie extra weggelassen, das gehört zum Unausstehlichsein, dass man nicht danke sagt. Und sowieso kennt Wolfgang Mayer Nessy schon und weiß, dass sie sich nie, nie für etwas bedankt.

»Aber etwas essen willst du doch, oder?«, fragt er. »Müsli vielleicht?«

»Müsli mag ich nicht«, sagt Nessy. So richtig verzogen und nörgelig. Und gleich spürt sie, wie Mama sie von der Seite anschaut, aber das ist Nessy absolut egal. Sie lockert den Ärmel noch mehr. Wo steckt Elvira denn bloß?

»Und was möchtest du stattdessen?«, fragt Wolfgang Mayer.

»Schweinskopfsülze«, sagt Nessy.

Einen kurzen Augenblick lang wird es still.

»Ich fürchte«, sagt Mama. »Nessy hat heute keinen guten Tag.«

»Soll vorkommen«, sagt Wolfgang Mayer lächelnd und dreht sich zu seinem Sohn. »Nicht wahr?«

Aber der schaut nicht einmal hoch, schenkt sich einfach Kakao ein und schweigt. Bestimmt denkt der jetzt, Nessy hat einen Schatten, sie isst Schweinskopfsülze zum Frühstück – dabei hat sie das doch nur gesagt, weil sie hier nichts essen will! Überhaupt will sie hier nicht sein und Mama soll aufhören entschuldigend zu lächeln, das ist peinlich und blöd und auch Wolfgang Mayer ist blöd, wenn er denkt, seinem Sohn tut es Leid, dass er so gemein war zu Nessy, dem tut es doch kein bisschen Leid, der ist doch bescheuert, und wenn jetzt nichts passiert, dann muss Nessy wieder abhauen. Nein, nicht abhauen. Elvira holen! Jetzt ist der richtige Augenblick, jetzt kriecht Elvira wieder durch den Ärmel nach vorne, gleich ist sie draußen ...

»Ich glaube, wir sollten vielleicht zuerst mal was klä-

ren«, sagt Wolfgang Mayer und schaut seinen Sohn erwartungsvoll an.
»Ja, das glaube ich auch«, sagt Mama.
Nessys Hand, die den Ärmel noch mehr lockern wollte, erstarrt. Elvira ist bereits dicht vor dem Ausgang, doch jetzt macht Nessy den Ärmel schnell wieder zu und wartet gespannt, ob Jan Mayer was sagt. Vielleicht wird er sich jetzt entschuldigen. Für die blöde Petze. Na, höchste Zeit.
»Willst du's nicht erzählen?«, fragt Wolfgang Mayer seinen Sohn.
»Ich?«, murrt er und rührt in seiner Kakaotasse herum ohne aufzuschauen. »Wieso ich?«
»Na ja, ich dachte ...«
»Nein! Erzähl du es, wenn du willst!«
»Na gut«, sagt Wolfgang Mayer. »Dann erzähle ich es.«
Und dann erzählt er. Vom Trödler und dass die Sache ein gutes Ende genommen habe. Denn einer von den Jungen, der Franco Zambuto, hätte solche Angst gehabt, dass er es gleich brühwarm zu Hause erzählt hätte. Und sein Vater sei mit ihm gleich, noch am selben Tag, hingegangen und hätte dem Trödler fünfzehn Mark für den kaputten Krug bezahlt und danach hätten sie sogar zusammen ein Bier getrunken und sich über Italien unterhalten ...
Nessy ist verdattert. So war das also! Na, das hätte der Affe aber auch selber erzählen können. Und dass es ihm Leid tut, die blöde Petze. Aber nein, kein Wort sagt er,

starrt einfach weiter auf den Tisch, als würde ihn das gar nichts angehen.
»Aber zuerst war den Jungs natürlich ganz schön Bange«, erzählt Wolfgang Mayer.
»Deswegen sind sie wohl auch zu Vanessa und ihrer Freundin ein bisschen vorlaut gewesen ...«
Nein, kein bisschen!, will Nessy rufen. Blöde Petze hat er gerufen! Und dass ich mir ins Hemd mache! Aber sie kommt nicht mehr dazu, irgendetwas zu sagen – denn im gleichen Augenblick sieht sie Elvira.
Jetzt ist es passiert. Sie ist herausspaziert und sitzt auf Nessys Knie. Neugierig schnüffelt sie dort herum, wahrscheinlich riecht sie all die guten Sachen ... Nessy blickt hoch, ob die anderen Elvira auch sehen. Nein, tun sie nicht. Wolfgang Mayer nicht und sein Sohn auch nicht, sie sitzen ja gegenüber, und Mama, die schmiert sich ihr Brötchen und redet. Nessy wird sich Elvira auf die Schulter setzen müssen. Aber ... halt! Da ist sie ja nicht mehr, Elvira springt von Nessys Knie herunter ... auf den Boden. Nessy bückt sich schnell um sie zu schnappen, aber da flitzt Elvira schon durch die Küche und dann – husch! – ist sie zur Tür hinaus. Nessy erschrickt und springt vom Tisch auf.
»Nessy«, sagt Mama. »Wo gehst du denn hin?«
»Ich ...«, murmelt Nessy. »Ich muss mal!«
Mehr kann sie nicht sagen, da stürzt sie schon nach draußen.
Sie muss Elvira fangen, sofort! Aber wo ist sie? Nessy

schaut sich im Flur hastig um. Von Elvira keine Spur. Vielleicht bei der großen Kübelpflanze unterm Fenster? Nein. Oder unter dem Schrank? Auch nicht ...

Und dann hört Nessy aus der Küche Wolfgang Mayers Stimme.

»Ah, unser Streuner!«, ruft er. »Von dem haben wir noch gar nicht erzählt!« Streuner? Was für ein Streuner? Nessy lauscht gespannt hin, plötzlich weiß sie nicht, was sie zuerst tun soll, Elvira suchen oder reinschauen ... doch, lieber mal reinschauen. Vorsichtig späht Nessy durch den Türspalt hinein ... und da sieht sie es.

Im offenen Fenster, auf dem Fensterbrett, sitzt eine schwarzweiße Katze.

»Darf ich vorstellen?«, sagt Wolfgang Mayer zu Mama. »Das ist Pepper.«

Und Mama ruft, na so was, das wäre für Nessy natürlich das Allerschönste, sie sei ja so eine Tiernärrin – aber da hat Nessy die Küchentür schon schnell zugeknallt.

Ihre Beine werden ganz schwach, solche Angst hat sie jetzt. Wo ist bloß Elvira? Auf ihren Namen hört die ja nicht, Elvira ist kein Hund, der kommt, wenn man ihn ruft! Oder doch?

»Elvira!«

Nein, natürlich nicht. Elvira ist nirgendwo zu sehen, nicht unter dem Korbsessel und auch nicht zwischen den Schuhen. Dabei versteckt Elvira sich doch so gerne zwischen den Schuhen, bei Maren tut sie's jedenfalls immer ... Oh, Maren! Die bringt Nessy um, wenn jetzt

ein Unglück passiert! Denn nebenan, in der Küche, ist die Katze und wenn die Tür aufgeht ... Sie geht auf. Doch nicht die Katze schlüpft hinaus. Sondern Jan Mayer.
»Es ist da drüben«, nuschelt er. »Das Klo.«
»Tür zu!«, ruft Nessy panisch. »Mach die Tür zu!«
Doch weil er sie nur blöd anstarrt und sich nicht rührt, springt Nessy selber zu der Tür und knallt sie wieder zu. Und dann sprudelt es aus ihr nur so heraus. Dass sie Marens Ratte mitgebracht habe und dass die ihr jetzt ausgebüxt sei.
»Ach so!«, ruft Jan Mayer und grinst schief. »Deswegen zappelst du die ganze Zeit so blöd rum!«
Aber gleich erschrickt auch er ganz furchtbar und schnappt sich den Korbsessel und schiebt ihn vor die Küchentür. »Bleibt in der Küche!«, ruft er den Erwachsenen drinnen zu. »Nicht rauskommen!«
»Wie bitte?«, fragt Wolfgang Mayer.
»Bleibt drinnen!«, ruft Jan Mayer. »Und haltet Pepper fest!«
Und dann läuft er ins Wohnzimmer und schlägt dort auch das Fenster zu.
Ja, richtig, das Wohnzimmer! Da kann Elvira ja auch hingerannt sein!
Nessy kriecht auf allen vieren herum, von einer Ecke zur anderen, überall sucht sie, hinter dem kleinen Fernseher, unter den Bücherregalen, hinter dem Sofa, langsam sieht sie nichts mehr, ihre Augen werden immer feuchter ...
Jan Mayer ist inzwischen wieder in den Flur gelaufen.

Jetzt lässt er Nessy auch noch alleine suchen! Vielleicht macht es ihm sogar Spaß, sie so herumkriechen und heulen zu sehen! Jetzt hört Nessy seine Stimme, er ruft ihr etwas aus dem Flur zu. Kommen solle sie, schnell mal kommen ... was?

Nessy springt auf und läuft hin. Und da kniet er auf dem Boden neben der Heizung und zeigt auf einen Rattenschwanz, der dort herausguckt. Mit zwei Sätzen ist Nessy da und holt Elvira mit beiden Händen heraus. Sie setzt sie sich auf die Schulter, Elvira schnüffelt dort herum, ihr weiches Schnäuzchen berührt Nessys Hals ... und Nessy weint, jetzt eigentlich erst recht. Richtig laute Schluchzer sind es, die aus ihr herauskommen.

»Ey!«, murmelt Jan Mayer. »Ist ja gut.«

»Gar nichts ist gut!«, jammert Nessy. »Ich will hier nicht wohnen!«

»Glaubst du etwa, ich will das?«, sagt Jan Mayer. »Nur über meine Leiche!«

»Und warum habt ihr uns eingeladen zum Frühstück?«

»Papa wollte das! Damit man sich kennen lernt und so!«

Einen Augenblick lang starrt er sie an.

»Los, komm!«, sagt er dann und zeigt zu seinem Zimmer. Und ehe Nessy weiß, wie ihr geschieht, geht sie ihm nach. An der Tür bleibt sie aber stehen und schaut ins Zimmer hinein. Ein bisschen sieht es hier ähnlich aus wie bei ihr. Bloß ist alles ordentlicher. Vorne am Fenster steht eine große Trommel. Eine echte Trommel, tatsächlich. Jan Mayer setzt sich auf einen Hocker davor wie auf einen Thron. Wird er jetzt trommeln oder was? Nein. Er sagt:

»Also gut, wir wollen beide nicht! Dann dürfen sie uns nicht zwingen. Das ist gegen das Gesetz!«

»Was?«, sagt Nessy.

»Sie dürfen nur Gutes für uns tun als Eltern«, sagt Jan Mayer.

»Und wenn sie trotzdem wollen?«, fragt Nessy.

»Dann streiken wir.«

»Streiken? Wie denn?«

»Mann, ist doch egal! Streiken halt!«

»Meinst du Hungerstreik?«, piepst Nessy erschrocken.

»Joaah«, sagt Jan Mayer nachdenklich. »Könnte man machen. Also, wenn du dich traust ...«

»Warum sollte ich mich nicht trauen?«

»Na ja, du bist doch erst neun ...«

»Na und?«, ruft Nessy wütend und sofort ärgert sie sich, dass ihre Stimme immer noch so piepsig klingt, jetzt denkt Jan Mayer bestimmt, sie hat doch Angst, macht sich gleich ins Hemd wegen dem Hungerstreik. »Ich kann genauso in Hungerstreik treten wie du!«

»Okay«, sagt Jan Mayer. »Abgemacht!«

»Und wenn sie nicht nachgeben?«

»Tun sie bestimmt«, sagt er. »Also, schwöre jetzt! Wenn sie uns zwingen, treten wir in Hungerstreik!«

»Ich schwöre«, sagt Nessy und leckt sich zwei Finger und hebt sie hoch. Und gleichzeitig wird ihr richtig angst und bange. Was hat sie da gesagt? Hungerstreik! Das hat sie ja mal im Fernsehen gesehen, wie Leute im Hungerstreik waren ...

»Und niemandem in der Klasse was sagen!«, fügt Jan Mayer noch hinzu.

Darauf kann Nessy nicht mehr antworten, denn im gleichen Augenblick hören sie ihre Eltern. Nun sind sie doch aus der Küche rausgekommen, betreten Jans Zimmer, Wolfgang Mayer hält die Katze in den Armen.

»Jetzt sagt doch bitte endlich ...«, beginnt er, aber da hat Nessy sich bereits umgedreht und jetzt haben auch die Eltern Elvira entdeckt.

Dicke Luft

Als Nessy und Mama eine Stunde später nach Hause gehen, herrscht dicke Luft.

Mama ist sauer, sie will von Nessy nichts mehr hören, kein Wort. Dabei hätte Nessy durchaus was zu sagen! Dass es nicht ihre Schuld ist. Wer hätte wissen können, dass die eine Katze haben? Dann hätte Nessy Elvira doch nicht mitgenommen, nie im Leben! Aber Mama sieht nicht aus, als würde sie das hören wollen.

Denn es war wirklich ein komisches Frühstück.

Die Katze haben sie eingesperrt. Den Pepper. In Jans Zimmer. Er fand das gar nicht gut, hat fürchterlich miaut und an der Tür gekratzt. Aber es musste sein, sonst hätte Nessy ja nicht wieder in die Küche gehen können zum Frühstücken.

Ja, gefrühstückt haben sie nämlich trotzdem!

Das heißt, Nessy nicht, die hat sich nur drei Smarties auf ihren Teller gelegt und nur eins davon in den Mund gesteckt. Jan Mayer aber. Der hat gefuttert, als wäre nichts. Wo sie doch grad beschlossen haben in Hungerstreik zu treten! Na, jetzt vielleicht noch nicht. Erst, wenn die Eltern sie zwingen.

Elvira fraß auch. Sie saß ja immer noch auf Nessys Schulter und knabberte an einem Stück Käse herum, das

Nessy ihr hinhielt. Und Wolfgang Mayer schmunzelte und sah kein bisschen angewidert aus.
Und Mama redete. Dass es ihr Leid tut, sagte sie, dass sie natürlich keine Ahnung hatte, was Nessy im Schilde führt. Und Wolfgang Mayer meinte, eigentlich wäre das seine Schuld. Weil er ja vergessen hat vom Pepper zu erzählen. Ein Glück, sagte er, dass die Kinder so cool reagiert haben! Was hätte passieren können, wenn die Rettungsjagd erfolglos gewesen wäre! Nicht auszudenken! Und natürlich habe er sich das Kennenlernen ein bisschen ruhiger vorgestellt, sagte er dann, aber das mache ja nichts, am Ende hätten sie sich ja trotzdem kennen gelernt. Und danach schauten beide Eltern zu ihren Kindern hin und warteten, ob die auch was sagen. Sie sagten aber nichts. Bloß kurz mal angeblickt haben sie sich und weiter geschwiegen. So, wie man schweigen muss, wenn man gerade einen geheimen Schwur geleistet hat. Also hat Wolfgang Mayer sich mit Mama unterhalten. Mama erzählte von ihrer Abendschule. Dass sie sie eigentlich schon viel früher machen wollte, sie sei ja damals vom Gymnasium abgegangen, habe ganz jung geheiratet und dann kam Nessy und vor allem die Eheprobleme, da war ja an ein Abendgymnasium gar nicht zu denken ... Oh, Nessy fand das alles so peinlich. Fehlte nur noch, dass Mama auch von Papas Freundinnen erzählte!
Wolfgang Mayer fand es aber gut. Also, nicht die Scheidung, aber dass Mama jetzt die Schule nachholt. Und

auch wie sie und Nessy das mit der WG gelöst hätten, damit Nessy abends nicht alleine sein müsste. So was Ähnliches hätte ihm ja jetzt auch vorgeschwebt ... Und wieder sahen beide ihre Kinder an. Aber die Kinder blieben hart. Sie wussten, was ihre Eltern bald erwartete. Nämlich Hungerstreik!

Nessy wurde es langsam ganz mulmig bei dem Gedanken. Aber jetzt war es zu spät, jetzt hatte sie schon geschworen. Kurz danach gingen Nessy und Mama nach Hause.

»Vielen Dank!«, sagte Mama verärgert, als sie auf der Straße waren. »Das war wirklich sehr nett von dir!«

»Er will auch nicht!«, rief Nessy. »Jan Mayer sagt, er will auch nicht!«

»Weil *du* es ihm schwer machst! Er würde gerne mit einem Mädchen zusammenwohnen, hat sein Vater erzählt!«

»Ach ja?«, sagte Nessy. »Und wieso hat er sich dann nicht entschuldigt? Für die blöde Petze?«

»Vielleicht hätte er das! Wenn du dich nicht so aufgeführt hättest!«

»Und du?«, schrie Nessy. »Du hast dich auch aufgeführt!«

»Was?«, rief Mama verblüfft.

»Ja!«, schrie Nessy. »Die ganze Zeit warst du so ... so doof!«

»Ich war doof?«

»Ja!«, rief Nessy. »Immer so schrecklich nett!«

»Ach!«, rief Mama. »Und das findest du schlecht, ja? Hätte ich etwa auch so ein Theater machen sollen wie du?« Aber da schauten bereits die Leute auf der Straße zu ihnen hin, das war peinlich. Also hörten sie auf. Ganz stumm gehen sie jetzt nach Hause. Und gleich, als sie dort ankommen, schnappt Mama sich den Staubsauger, fährt damit holterdiepolter herum, schiebt die Möbel weg, da merkt man, wie wütend sie immer noch ist. Nessy aber auch!

»Du hast mir dein Ehrenwort gegeben!«, ruft Nessy. »Dass wir da nicht einziehen, wenn ich nicht will!«
»Ja! Da hab ich aber noch nicht gewusst, was für eine Show du da abziehst! Das war nicht fair, Nessy!«
»Du bist auch nicht fair!«, jammert Nessy. »Jetzt willst du mit Wolfgang Mayer eine WG machen! Dabei sagst du immer, mit Männern gibt's nur Stress! Immer schimpfst du auf die Männer!«
»Na, da übertreibst du aber ein bisschen.«
»Nein, überhaupt nicht! Immer! Weil du mit Papa Ärger hattest! Auf den schimpfst du doch auch dauernd! Und wenn er mir Sachen kauft, Kleid und Kapuzenshirt und so ... dann meckerst du immer rum, und wie!«
Nessy weiß selber nicht, warum sie das jetzt sagt. Aber es stimmt doch alles! Das wollte Nessy Mama schon immer sagen. Dass sie nicht schimpfen und böse Sachen über Papa sagen soll, Nessy will das nicht hören, nie wollte sie das! Papa ist doch ganz lieb zu ihr, sie ist ja seine Lieblingstochter ...
Mama schaltet den Staubsauger aus. »Einmal werde ich dir alles erklären«, murmelt sie. »Wenn du groß bist ...«
»Immer soll ich erst groß sein!«, schreit Nessy. »Sagt Papa auch! Ich bin doch jetzt schon groß!«
»Na, das hast du heute ja wirklich bewiesen«, seufzt Mama.
Und dann hören sie die Wohnungstür aufgehen. Christiane. Mist! Gerade jetzt! Nessy läuft in ihr Zimmer, sperrt sich ein. Bestimmt erzählt Mama Christiane jetzt

alles! Beschwert sich über Nessy. Sagt, was für ein Theater sie gemacht hat. Und Christiane ... ja, vielleicht sagt Christiane, das ist jetzt aber der Gipfel. Das soll Mama wirklich nicht durchgehen lassen. Wo kämen sie denn da hin. Doofe Christiane! Die hat doch überhaupt keine Ahnung!

War sie vielleicht in der Möbiusstraße? Nein. Hat sie vielleicht den Blödmann gesehen? Nein. *Nur über meine Leiche* hat er gesagt! Als wäre Nessy ein Monster oder sonst was. Und über den Vater weiß Christiane auch nicht Bescheid. Immer sagt sie, Chemiker können keinen Schmutz leiden. Dabei hat Wolfgang Mayer seinem Sohn eine Katze gekauft! Den Pepper. Wo Katzen doch massenhaft Haare verlieren ...

Plötzlich kann Nessy es nicht mehr aushalten. Sie springt auf und rennt in die Küche. Und natürlich sitzen Mama und Christiane da und reden!

»Sie soll sich nicht einmischen!«, ruft Nessy ohne Christiane anzuschauen. »Sie ist nicht meine Mutter!«

»Nessy!«, ruft Mama. »Bitte!!«

»Lass sie doch«, sagt Christiane.

Aber da läuft Nessy schon wieder zurück in ihr Zimmer, schmeißt sich dort aufs Bett, nimmt Kurt Rübe in die Arme und streichelt seinen schmutzigen Bauch. Nessy wird ihn jetzt besonders brauchen. Bei dem ganzen Ärger. Und beim Hungerstreik ...

Hungerstreik ist bestimmt ganz schön hart. Aber vielleicht kann man vorher viel essen, auf Vorrat, wie die

Bären. Hat Frau Göbel ja erzählt. Dass die sich immer vor dem Winter viel Fett anfressen, sich massenhaft mit Lachsen voll stopfen, davon zehren sie dann den ganzen Winter ... Aber ab wann sollen sie eigentlich damit anfangen? Das haben sie noch gar nicht ausgemacht!

Maren wird neidisch

Es war ein ziemlich doofes Wochenende. So eins, das man am liebsten zusammengeknäult und weggeschmissen hätte. Also, wenn man so was mit einem Wochenende überhaupt machen könnte.
Mama war furchtbar schlecht gelaunt. Und es packte sie die Aufräumwut. Die packt Mama immer, wenn sie Probleme hat. Sagt sie selber. Sie muss dann Fenster putzen und Regale abstauben und Schränke umräumen. Über die WG hat Nessy mit Mama nicht mehr geredet. Dazu hatte Mama keinen Nerv. Erst, wenn die Gemüter sich beruhigt haben, sagte sie. Die Gemüter! Nessy fand sich ruhig genug. Sie hörte Kassetten und spielte mit Elvira. Wo sie sie doch nur für drei Tage geborgt bekommen hatte, das musste sie ausnutzen.
Aber Mama, die war ganz durcheinander! Sie hat immer nur aufgeräumt und umgeräumt. Und als sie sich abends Tee machte, setzte sie den Wasserkessel auf und vergaß ihn dann! Den schönen neuen Wasserkessel, der einen schönen roten Pfeifstöpsel hat, den hat Mama, als das Wasser schon kochte, nicht pfeifen gehört und dann sprang der Stöpsel ab und blieb direkt an der heißen Herdplatte liegen, wo er total verschmorte! Und als sie im Fernsehen einen lustigen Film schauten, lachte sie

kein bisschen. Nessy eigentlich auch nicht. Wie soll man auch lachen, wenn man mit Mama gestritten hat? Am Sonntag war es auch nicht besser. Da hat Mama ganz schlecht geschlafen. Und mittags hat sie einen besonders pampigen Eintopf gekocht.

Ganz niedergeschlagen geht Nessy morgens in die Schule. Maren wartet bereits an der Ecke auf sie.

»Na?«, fragt sie gespannt. »Wie war's?«

Nessy seufzt. Und dann erzählt sie ihr alles. Na ja, nicht alles. Die Jagd nach Elvira macht sie viel kürzer und nur halb so gefährlich. Und dass sie dabei geweint hat, erzählt sie schon gar nicht. Und was Jan Mayer gesagt hat, das mit der Leiche und so, auch nicht. Bloß vom Schwur erzählt sie. Und vom Hungerstreik.

»Ist ja irre!«, ruft Maren begeistert. »Ach Mann! Das ist doch ungerecht! Dass du immer so aufregende Sachen erlebst und ich rein gar nichts!«

»Tja«, sagt Nessy geschmeichelt. »So ist das Leben.«

Maren hat tausend Fragen. Essen sie denn überhaupt nichts, nicht mal einen kleinen Keks? Oder Obst? Und wie ist das mit Trinken?

»Trinken tun wir schon«, sagt Nessy. Ganz sicher ist sie sich zwar nicht, aber das ist bestimmt erlaubt. Wasser ist ja keine Nahrung.

»Wie Romeo und Julia!«, schwärmt Maren. »Und dann seid ihr beide tot und eure Eltern stehen vor euren Gräbern und versöhnen sich!«

»Du spinnst ja total!«, ruft Nessy. »Bei uns ist es doch

grad umgekehrt! Unsere Eltern sind keine Feinde! Wir Kinder sind das!«
»Ich mein ja nur«, sagt Maren. »Romeo und Julia ist doch so doll traurig ...«
»Romeo und Julia?«, hören sie Annelene hinter sich. »Wer ist Romeo und Julia?«
»Niemand«, sagt Maren und presst geheimnisvoll die Lippen zusammen.
Doch Annelene schaut sich trotzdem gleich um, will selber herausfinden, wer Romeo und Julia ist. Starrt nach vorne, auf die Hauptstraße, dort schlendern nämlich die Großen. Die aus den Vierten. Franco Zambuto ist dabei, Sönke ... Jan Mayer nicht. Nessy ist erleichtert, sie weiß gar nicht, was sie jetzt machen soll, wenn sie ihn sieht.
»Und wann fangt ihr an?«, will Maren wissen.
»Das weiß ich noch nicht«, sagt Nessy nervös. »Das müssen wir erst absprechen!«
»Heute? In der Hofpause?«
»Ja, vielleicht!«, knurrt Nessy. Langsam geht ihr die Fragerei auf die Nerven. Wo sie doch selber nicht weiß, ob und wann sie mit Jan Mayer sprechen wird! Auf dem Pausenhof wohl nicht, da würden die anderen es mitkriegen. Und das wollen sie ja nicht. Auch im Unterricht muss Nessy daran denken, kann überhaupt nicht aufpassen. Hält aber trotzdem in Sachkunde die Hand hoch, so, als würde sie sich melden. Und als Frau Göbel sie rannimmt, weiß Nessy gar nicht, was sie gefragt hat, und kriegt kein Plus für die Mitarbeit. Hach, was soll's! Nessy

hat jetzt andere Sorgen! Als es zur großen Pause klingelt, packt sie hastig ihr Pausenbrot und läuft als Erste raus, ganz schnell. Sie ist schrecklich gespannt. Ob Jan Mayer überhaupt zu ihr herüberschaut?

»Jetzt!«, flüstert Maren. »Jetzt guckt er!« Sie späht für Nessy zu der Turnhalle, wo die Viertklässler sich tummeln.

Ja, das sieht Nessy auch. Eigentlich würde sie gerne zu Jan Mayer gehen und ihn fragen, wie das nun ist mit dem Hungerstreik. Wann sie damit anfangen. Aber das kann sie nicht, nicht vor den anderen! Aber vielleicht kann Nessy ja mal schnell zum Mülleimer gehen, das Pausenbrotpapier wegschmeißen? Ja, genau, das ist es. Ganz schnell isst Nessy ihr Brot auf, dann geht sie hin. Und schaut dabei zu den Viertklässlern. Er hat kapiert! Nun hat auch er was zum Wegwerfen.

»Wir müssen über die weiteren Schritte reden«, flüstert er, als er bei Nessy ankommt, und starrt dabei in den Mülleimer.

»Ja«, sagt Nessy. Auch sie schaut ihn nicht an. »Und wann?«

»Nach dem Unterricht«, sagt Jan Mayer. »Auf dem großen Müllplatz!«

»Auf dem Müllplatz?«

»Du weißt doch, wo der ist, oder? Der mit den vielen Containern! Hinter dem Supermarkt!«

Ja, natürlich weiß Nessy das. Dort bringt sie ja immer mit Mama die leeren Flaschen hin. Sie nickt.

»Also, bis dann!«, sagt Jan Mayer. Und dreht sich um und läuft wieder zur Turnhalle.

Nessy ist ganz aufgeregt. Maren genauso. Sie zieht Nessy ein Stück weg, damit Annelene nichts mitkriegt.

»Und?«, drängt sie. »Was hat er gesagt?«

»Nichts«, sagt Nessy lässig. »Wir haben uns bloß verabredet.«

»Verabredet?« Maren reißt die Augen auf.

»Ja, logisch. Müssen wir doch, wegen dem Streik! Nach dem Unterricht treffen wir uns auf dem Müllplatz.«

Maren seufzt verträumt auf, sie findet das irre spannend. »Hoffentlich kommt er auch allein und ohne die anderen.«

»Natürlich kommt er allein«, sagt Nessy. »Was denkst du denn?«

Wie die Bären

Nach dem Unterricht geht Nessy zum Müllplatz. Ihr ist ganz kribbelig vor Aufregung. Sie trifft sich mit einem Viertklässler! Annelene würde wohl vor Neid platzen, wenn sie das wüsste, die himmelt ja die Viertklässler an, bis einem übel wird. Und Maren ist jetzt schon neidisch. Beinahe wollte sie mitkommen. Aber Nessy hat es ihr verboten. Und ohnehin sehen sie sich ja gleich wieder, heute wird Nessy bei Maren essen und dort den ganzen Nachmittag verbringen, denn Mama schreibt morgen eine Mathe-Klausur und muss viel pauken.
Jan Mayer ist schon da, als Nessy am Müllplatz ankommt. Er steht bei dem grünen Glascontainer und scharrt mit einem Stock in den Glasscherben herum, die überall liegen.
»Also!«, sagt Nessy. »Was ist?«
»Was sollte sein?«
»Na, du wolltest doch, dass wir uns beratschlagen!«
»Ja, wegen dem Hungerstreik! Mein Alter ist für die WG!«
»Mama auch«, sagt Nessy finster. »Wir haben ganz doll gestritten.«
»Wir auch.«
Dann schweigen sie erst mal eine Runde.

»Also, ich hab gesagt, ich mach da nicht mit bei der WG«, fährt Jan Mayer schließlich fort. »Und Papa wollte wissen warum ...«

»Und? Was hast du gesagt?«

»Na, was wohl! Dass ich dich nicht leiden kann! Dass du eine doofe Zicke bist!«

»Ey!«, ruft Nessy. »Ich bin doch keine doofe Zicke!«

»Mann!«, ruft Jan Mayer. »Irgendwas musste ich doch sagen, oder? Haben wir doch ausgemacht!«

»Ja«, sagt Nessy. Da kann sie wohl nicht böse sein, irgendwas musste er ja sagen. Sie selber hat ja auch allerhand über ihn gesagt ... aber trotzdem!

»Dass ich eine blöde Petze bin, das hast du aber im Ernst gesagt!«

Jan Mayer verdreht die Augen. »Oh nee, jetzt kommst du damit!«

»Hast du aber«, mault Nessy.

»Ja, weil ich Bammel gekriegt hab wegen dem Trödler! Deswegen hab ich's auch zuerst meinem Vater nicht erzählt! Der denkt doch, für mich ist es Scheiße, dass ich immer alleine bin. In den Hort geh ich nicht mehr, da sind nur lauter Zwerge drin und Papa kommt erst um sechs nach Hause und macht sich Sorgen, dass ich mich irgendwo rumtreibe ...«

»Pah«, sagt Nessy. »Mama ist jeden Abend weg.«

Sie bückt sich schnell und sammelt bunte Scherben vom Boden, sortiert sie in Häufchen nach Farbe. Grüne, weiße, braune ... Plötzlich ist sie neugierig. Vielleicht er-

zählt Jan Mayer noch mehr? Von sich und von seinem Vater ... Doch das tut Jan Mayer nicht.
»Also was nun!«, fragt er. »Treten wir in Hungerstreik oder nicht?«
»Natürlich machen wir das!«, sagt Nessy bockig. »Ab morgen, wenn du willst!«
»Okay. Ab morgen. Wir sagen, wir hören auf zu essen ... bis sie aufgeben!«
»Und trinken?«, fragt Nessy.
»Nur Wasser.«
»Gut«, sagt Nessy. Sie schlagen ein.
»Und jeden Tag nach dem Unterricht treffen wir uns hier!«, sagt Jan Mayer.
»Okay!«, sagt Nessy. »Tschüs!«
Und läuft zu Maren. Ihr ist ganz schwummerig, so aufgeregt ist sie. Sie machen es! Sie machen es wirklich! So was hat Nessy noch nie gemacht, Hungerstreik! Und dazu noch mit einem Viertklässler zusammen! Mit Jan Mayer ...
Ein Glück, dass Marens Mutter so gut kochen kann! Denn heute muss Nessy ja richtig viel essen, auf Vorrat. Maren findet, Nessy sollte sich richtig voll stopfen. Sie holt für Nessy noch zweimal Kuchen und auch den Rest vom Nudelsalat gibt sie ihr, Nessy verdrückt beides. Wer weiß, wann es die nächste Mahlzeit gibt!
Später, als Maren und ihre Mutter zu Nessy nach Hause fahren und Elvira abholen, ist Nessy immer noch pappsatt.

Mama ist schon weg. Christiane ist aber da, sie lässt sich Wasser in die Badewanne einlaufen, hatte wohl heute einen anstrengenden Tag, da nimmt sie immer ein langes Bad. Das ist Nessy auch ganz recht, dann braucht sie mit Christiane nicht zu reden. Am Wochenende war sie ja zu Christiane ganz unfreundlich gewesen, da weiß man nicht, was man sagen soll.

Nessy geht in die Küche und trinkt ein Glas Sprudel. Wasser, ja, das ist ab morgen das Einzige, wovon sie leben wird. Morgen, beim Frühstück, sagt sie Mama Bescheid vom Hungerstreik. Hungerstreik ... bei dem Gedanken bekommt Nessy doch wieder Appetit. Sie sollte noch mehr essen. Damit es auch wirklich lange vorhält. So machen es die Tiere ja auch und die sind nicht dumm.

Sie geht in die Küche. Auf dem Herd steht noch der Eintopf von gestern, der pampige, Nessy rührt darin herum. Wenn man ihn ein bisschen verbessern würde, könnte er bestimmt gut schmecken. Ja, umwürzen, auf chinesisch! Chinesisch schmeckt prima, Christiane kocht oft chinesisches Essen.

Nessy holt alle Zutaten, die sie finden kann: Sojasoße, Tomatenmark, Zucker, ein Stück Wurst, Erdnüsse ... bald ist die Suppe ein echter chinesischer Leckerbissen. Na ja, Leckerbissen nicht gerade. Ein wenig komisch schmeckt sie schon, aber Nessy zwingt sich. Das können die Bären ja auch nicht, sich immer nur gute Sachen aussuchen, da muss man nehmen, was kommt. Hauptsache, man setzt

Fett an. Lieber isst Nessy gleich noch was anderes um den blöden Geschmack loszuwerden. Eine kleine Wurststulle. Und danach isst sie noch ein bisschen Pudding. Den bringt sie aber kaum noch runter.

Die ganze Zeit denkt sie dabei an den Hungerstreik. Wie lange sie überhaupt aushalten müssen. Zwei Tage vielleicht? Oder drei? Na, drei höchstens. Länger hält Nessy das nicht aus. Und Mama, die schon gar nicht. Und Wolfgang Mayer ... na, der bestimmt auch nicht. Nett, wie der ist. Einer, der bunte Smarties auf den Frühstückstisch streut, lässt sein Kind doch nicht hungern!

Trotzdem, Nessy wird es ganz schwer allein bei der Vorstellung.

Na, auch von dem vielen Essen, sie hat sich ja schon bei Maren so voll gestopft ... Sie trinkt noch schnell ein Glas Wasser. Damit ihr Magen aufhört zu drücken und zu schaukeln. Er hört aber nicht auf. Also trinkt sie noch mehr. Je mehr sie aber trinkt, umso schlimmer wird es. Sie rennt zum Bad, pocht an die Tür.

»Was ist?«, ruft Christiane.

»Mir ist schlecht!«, ruft Nessy und muss ganz tief durchatmen, sonst wird ihr gleich speiübel. Im Bad ist ja auch das Klo und da möchte sie – Nessy spürt es immer deutlicher – jetzt ganz dringend hin. Christiane kommt raus, nur im Bademantel und noch ganz nass und sieht Nessy besorgt an.

»Hast du dir den Magen verdorben?«

Aber da schlüpft Nessy schon ins Bad und sperrt sich ein.

Und spuckt dann endlich alles raus.
Als sie fertig ist, macht Christiane ihr einen Kamillentee ganz ohne Zucker. Sie bringt ihn Nessy ans Bett. Da sagt Nessy nicht Nein. Überhaupt sagt sie nicht viel ... Auf einmal ist sie ganz müde. Wo ihr Magen doch immer noch so schwabbelig ist! Sie trinkt den warmen Kamillentee ganz langsam, auch wenn er ohne Zucker nicht gut schmeckt. Christiane, immer noch im Bademantel, setzt sich zu ihr, trinkt ihren Schlankheitstee. Ihr Haar ist noch ganz nass, so nass, dass man die neuen hellen Strähnen kaum sieht. Überhaupt ist es jetzt ein bisschen so wie früher. Als noch alles in Ordnung war.
»Wie lange kann man es ohne Essen aushalten?«, fragt Nessy.
»Ohne Essen? Na, ich bestimmt keine zwei Tage«, sagt Christiane und lächelt. »Warum?«
»Nur so«, sagt Nessy. Und dann muss sie noch mal aufs Klo rennen.

Tiramisu und Apfelzimt

In der Nacht hat Nessy ganz wilde Träume. Es kamen die schrecklichsten Dinge vor. Da wohnte Nessy nämlich schon in der Möbiusstraße, gerade kam sie in ihr Zimmer und wer saß da? Ein großer Bär! Nessy erschrak furchtbar, rannte aus dem Zimmer und dann auch aus dem Haus, doch der Bär rannte ihr hinterher und auf einmal war das kein Bär, sondern Jan Mayer im Bärenfell! Er lachte sich tot über sie ... Nessy ist heilfroh, als Mama sie weckt. Doch gleich erinnert sie sich, was sie heute vorhat, und ihr wird ganz kribbelig.

Als sie angezogen in die Küche kommt, steht das Frühstück auf dem Tisch, Mama schlürft ihren Kaffee. Christiane ist schon weg, die muss immer ganz früh raus.

Genau der richtige Augenblick also um einen Hungerstreik zu verkünden. Nessy setzt sich hin, Mama reicht ihr eine Tasse mit Tee. Heute, meint sie, solle Nessy lieber Tee trinken statt Kakao. Wo ihr doch gestern schlecht war. Nessy stellt die Tasse wieder weg. Auch das Pausenbrot schiebt sie Mama zu.

»Kannst du gerne selber mitnehmen« , sagt sie.

»Was?«

»Ich befinde mich im Hungerstreik«, sagt Nessy.

»Wie bitte?«

»Wir streiken wegen der WG«, sagt Nessy.
»Wir? Was heißt wir?«
»Ich und Jan Mayer«, sagt Nessy. »Ihr könnt uns nicht zwingen. Das ist gegen das Gesetz.«
Mama hat vor Verblüffung den Mund aufgemacht.
»Das ist doch nicht dein Ernst.«
Nessy schweigt. Ganz eisern.
»Sag mal, spinnst du?«, fragt Mama.
Nessy schüttelt den Kopf. Und damit Mama kapiert, dass sie nicht spinnt, steht sie auf und geht in die Diele, Schuhe anziehen. Mama springt auf, geht ihr nach, das Pausenbrot nimmt sie mit.
»Ihr habt euch abgesprochen?«, fragt sie. »Du und der Junge habt euch abgesprochen, dass ihr ab sofort hungert?«
Nessy nickt. Endlich hat Mama kapiert. Sie starrt Nessy fassungslos an.
»Das ist eine üble Erpressung, weißt du das?«
Nessy gibt keine Antwort, will ihren Ranzen holen, doch Mama packt sie an den Schultern.
»Jetzt hör auf mit dem Quatsch!«, sagt sie. »Und nimm das Pausenbrot mit!«
Sie schnappt sich Nessys Ranzen und will das Pausenbrot reinstecken, doch Nessy hält ihn mit beiden Händen fest zu.
»Hör auf, hab ich gesagt!«, ruft Mama. »Ich will dich doch zu nichts zwingen! Wenn du absolut dagegen bist, dann zwinge ich dich nicht! Ich hab zwar gedacht,

das wäre genau richtig für uns, die zwei Zimmer und der Garten und die Möbiusstraße ... aber bitte! Wenn ihr beide euch wirklich nicht leiden könnt, was ich zwar nicht verstehe, denn ihr kennt euch noch gar nicht –«

»Wir kennen uns wohl!«, sagt Nessy.

»Ach ja? Nach dem einen Frühstück?«

»Ich muss jetzt gehen«, sagt Nessy. »Tschüs!«

Und schon ist sie weg.

Draußen atmet sie tief durch. Na also, sie hat's gesagt! Und es hat gewirkt. Mama will sie nicht zwingen. Wenn Nessy so wahnsinnig dagegen ist, dann wird Mama sie nicht zwingen. Das ging ja schneller, als Nessy dachte. Üble Erpressung! Klar ist es übel! Für Nessy vor allem, denn sie muss ja jetzt hungern, nicht Mama. Geht ganz ohne Frühstück in die Schule. Ohne einen einzigen Bissen. Ohne was Warmes im Bauch! Allein bei dem Gedanken bekommt Nessy großen Hunger.

»Ausgerechnet heute!«, sagt Maren, als sie sich an der Ecke treffen. »So ein Pech, nicht? Wo Annelene Geburtstag hat!«

Ja, das ist wirklich entsetzlich. Annelene hat tatsächlich heute Geburtstag und sie hat eine große Torte mitgebracht. Eine Schokoladentorte mit Buttercreme und Schokostreuseln obendrauf. Frau Göbel teilt sie in dreiundzwanzig Stücke.

»Darf ich deine Portion haben?«, fragt Maren.

Nessy nickt, ihr blutet aber das Herz dabei. Und dann

singen alle noch *Happy birthday* und lassen es sich schmecken und Nessy schaut lieber weg, so gemein ist das. In der großen Pause wird's noch schlimmer. Da mampfen alle ihre Pausenbrote, bloß Nessy steht jämmerlich im Pausenhof herum und späht dabei zur Turnhalle. Dorthin, wo die Großen sind. Jan Mayer ist auch dabei. Ob er auch Hunger leidet, ist ihm aus der Entfernung nicht anzusehen. Besonders fröhlich sieht er aber nicht gerade aus.

Und zu allem Überfluss schreiben sie nach der Pause den Grammatik-Test und Nessy muss auch noch Maren die Geheimzeichen geben! Das hat sie ihr ja versprochen, dass sie bei den vier Fällen hilft. Denn Frau Göbel setzt sie natürlich auseinander, das macht sie immer, damit sie nicht abschreiben. Also muss Nessy für Maren die richtigen Antworten husten und räuspern und niesen. Es ist sehr anstrengend und Frau Göbel schaut mehrmals besorgt zu Nessy auf, weil sie so erkältet ist und ganz angeschlagen aussieht. Ja, verdammt! Ist ja auch sauschwer mit leerem Magen dazusitzen!

Als der Unterricht zu Ende ist, geht Nessy zum Müllplatz.

»Ich warte auf dich!«, sagt Maren. »Im *Malibu!* Aber quatsch nicht lange mit ihm!«

»Quatschen?«, empört sich Nessy. »Glaubst du, wir treffen uns zum Quatschen?«

»Nein«, sagt Maren. »Ich mein ja nur.«

Aber da läuft Nessy schon weg. Jetzt will sie Jan Mayer

schnell treffen. Wenn sie ihm erzählt, was Mama gesagt hat, können sie vielleicht gleich Schluss machen mit dem Hungerstreik. Denn sehr lange, da ist Nessy sich jetzt ganz sicher, hält sie den nicht durch.
Sie fühlt sich ganz komisch. Ein bisschen ist das Ganze ja wirklich abenteuerlich – wie im Film, wenn zwei Verbrecher sich treffen. Überhaupt ist alles irgendwie abenteuerlich in letzter Zeit ... seitdem Nessy Jan Mayer kennt, geht es in ihrem Leben drunter und drüber! Aber was soll's. Bald ist es ja vorbei. Wenn sie ihr Ziel durchgesetzt haben, dann brauchen sie sich nicht mehr zu treffen. Dann hat Nessy wieder Ruhe.
Diesmal kommt sie als Erste an, Jan Mayer ist noch nicht da. Unruhig geht Nessy auf und ab, schaut ungeduldig in alle Richtungen. Und dann, auf einmal, bleibt sie mit einem Ruck stehen. Vielleicht kommt Jan Mayer gar nicht! Vielleicht hat er vergessen, dass sie sich hier treffen? Jeden Tag nach dem Unterricht! Oder aber ... er will nicht kommen. Vielleicht hält er sich gar nicht an den Hungerstreik! Hat nur Ja gesagt, damit Nessy nicht denkt, dass er hat Angst hätte! Nessy hat es ja genauso gemacht. Und jetzt ist sie die Doofe und hungert wirklich, nur sie allein ... Nein. Da kommt er. Ganz außer Atem und verschwitzt. Sie hatten Sport.
»Na?«, sagt Nessy.
»Na?«, sagt Jan Mayer.
»Hast du heute was gegessen?«, erkundigt sich Nessy.
»Denkst du, ich schummle?«, sagt er grimmig.

Nein, das tut Nessy nicht. Wie ein Schummler sieht Jan Mayer nicht aus.
»Und? Was hat dein Vater gesagt?«
»Mein Vater? Na ja ... also, er wird mich nicht zwingen.«
»Jippieh«, sagt Nessy. Irgendwie fällt das aber nicht so fröhlich aus.
»Und deine Mutter?«, fragt Jan Mayer.
»Auch nicht«, sagt Nessy.
»Na dann ... dann haben wir ja gewonnen!«
Er hat vom Boden ein kleines grünes Glas aufgehoben und wirft es gegen den Container. Päng! Nessy ist ein bisschen enttäuscht. Irgendwie hat sie sich das Gewinnen besser vorgestellt.
»Warum habt ihr uns aufgelauert?«, fragt sie. »Ich meine, du und Sönke und Franco Zambuto?«
»Was?«
»Na, letzte Woche, nach der Schule!«
»Haben wir doch gar nicht«, sagt er verdutzt. »Ihr seid plötzlich verschwunden! Glaubst du in echt, wir hätten euch was getan?«
»Nee«, sagt Nessy. Dass sie und Maren in die Metzgerei geflüchtet sind und Schweinskopfsülze gekauft haben, erzählt sie besser nicht.
»Ich hab nix gegen Mädchen«, sagt Jan Mayer. »Echt nicht! Ich hab sogar gedacht, wenn ein Mädchen bei uns wohnt, dann ... dann hätte ich so was wie 'ne Schwester.«
Und ich so was wie einen Bruder, denkt Nessy. So einen

wie Raphael, mit dem ich spielen und Blödsinn machen kann. Sagt es aber nicht. Stattdessen sagt sie: »Mein Papa spielt Gitarre. Ich sehe ihn jeden Monat.«
Jan Mayer nickt.
»Ich meine Mutter zweimal ... oder auch mehr. Immer, wann ich will, eigentlich. Wir haben 'ne gute Regelung.«
Eine gute Regelung? Und was ist eine schlechte? Solche, die Nessy mit Papa hat? Sie möchte fragen und tut es doch nicht.
»Und?«, fragt Jan Mayer. »Ihr werdet jetzt 'ne andere WG suchen, stimmt's?«
»Ja«, sagt Nessy. »Und ihr?«
»Wir werden auch jemand Neues suchen.«
»Ist aber nicht leicht«, sagt Nessy. »Weil ... da muss man Leute finden, die zu einem passen. Das ist nämlich das A und O bei einer WG.«
Und dann erzählt sie plötzlich, warum sie umziehen müssen. Von Christiane erzählt sie und von Randolf, die zusammenwohnen wollen. Und auch von Papa und dass Mama ihn verlassen hat. Und wie Mama seitdem auf die Männer schimpft. Und wo sie schon überall nach einer guten WG gesucht haben. Und dass sie nicht von hier wegziehen will ... Sie weiß auch nicht, warum sie das alles erzählt, es sprudelt einfach aus ihr heraus. Jan Mayer hört zu, sagt selber gar nichts. Erst als Nessy fertig ist.
»Na ja, wenn ihr nichts findet«, sagt er. »Dann könnt ihr ja wieder zu uns kommen.«
»Haha«, sagt Nessy.

»In echt! Also ... zum Frühstück erst mal ... oder so.«

»Du meinst ... so ganz unverbindlich?«, fragt Nessy. Ein bisschen bekommt sie dabei Herzklopfen.

»Ja, genau. Aber ohne die Ratte!«

Nessy muss grinsen.

»Mann, hab ich vielleicht einen Kohldampf«, sagt Jan Mayer dann.

»Und ich erst«, sagt Nessy.

»Wollen wir ins *Malibu* gehen?«

»Ich hab kein Geld«, sagt Nessy.

Jan Mayer greift in die Tasche und zählt sein Geld ... zwei Kugeln für jeden sind drin.

»Also ... willst du?«

Ja, das will Nessy. Es gibt nichts Besseres als Eis, wenn man einen Hungerstreik beendet hat.

Als Nessy und Jan Mayer über die Straße laufen, denkt Nessy plötzlich an Maren. Die wartet ja im *Malibu*! Sie wird ganz schön Augen machen, wenn sie Nessy mit Jan Mayer kommen sieht. Na, und wenn schon! Dann feiern sie eben alle zusammen. Einen Hungerstreik, der zu Ende ist, muss man ja feiern.

Sie gehen am Trödler vorbei. Die Tür ist offen, alte Sachen stehen draußen auf dem Tisch wie immer. Vor der Eisdiele wartet eine lange Schlange, Maren steht schon ganz vorne. Noch kann sie Nessy nicht sehen, sie unterhält sich mit anderen Mädchen.

Das ist Nessy ganz recht, sie geht sogar ein bisschen langsamer. Sie will Jan Mayer ja noch fragen, wie er das

Malibu

genau gemeint hat mit dem Frühstück ... Also, dass sie und Mama wieder zum Frühstück kommen könnten, ganz unverbindlich. Und nach Pepper fragt sie ihn auch. Ob er Mäuse nach Hause bringt ...
Und welches Eis nimmt sie? Na, Tiramisu auf jeden Fall. Und Apfelzimt.

mehr lesen

von Michael Hatry:

Bei Henning, Hannes und Timo ist kein Tag wie der andere. Jedenfalls was die Wochentage angeht, und von denen gibt's ja sieben, zum Glück. Montags müssen sich die drei Brüder zwar erst mal vom Wochenende erholen, aber dann geht's schon los, denn Dienstag ist der Tag, an dem die Kinder geboren werden; mittwochs gehen sie die Grossmutter besuchen (die Warzen wegzaubern kann); donnerstags passieren immer die seltenen Sachen (eine Horde Touristen überschwemmt die Wohnung), freitags stellt Hannes immer was an (überlistet den Kaufhausdetektiv), samstags macht die ganze Familie einen Ausflug (zu den Siebenschläfern) und Sonntag ist der Tag, an dem die Eltern lange schlafen und die Jungs sturmfreie Bude haben, genauer gesagt, im Keller den Wolf verjagen. Kurz: eine Woche in einer ganz normalen Familie …

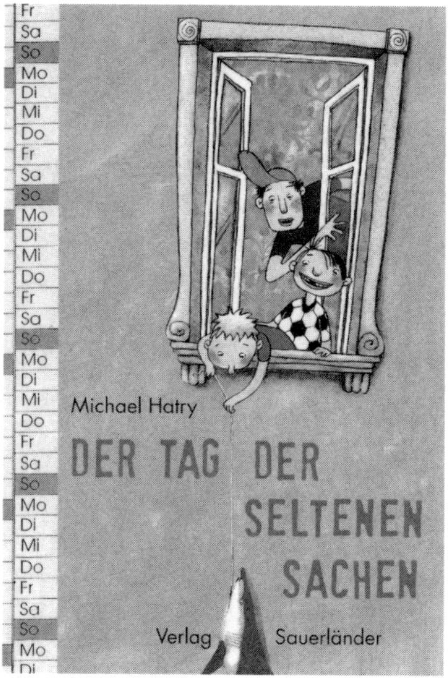

Ab 9 Jahren, 104 Seiten. Gebunden.

Verlag Sauerländer